SUZUNE KIRISAKI
HINAMORI SAKURA
JN110279
雛森さくら
生徒会役員を務める完璧美人だが、実は腹黒なことが鏑木にはバレている。
霧崎涼音
鏑木と中学からの仲で、裏表がなく面倒見がいい姉御肌。

来栖瑠璃菜（くるするりな）
無口で淡々とした態度から、クラスに馴染めないでいたが、律との特訓で徐々に打ち解けてきた。
（……律を癒して元気にする。それが私の使命）
鏑木律（かぶらぎりつ）
高校二年生。他人の心の声が聞こえる体質で、高校ではそれを活かし無難に立ち回る癖がついている。

「ねぇ……律ってば」
（あれ？　私だけ遅れてませんか？）

「そんなところに立ってないで、
隣に来たらどうですか？
せっかくなのでお話ししましょう」

喋らない来栖さん、心の中はスキでいっぱい。3

紫ユウ

角川スニーカー文庫

23757

CONTENTS

design work：AFTERGLOW　illustration：ただのゆきこ

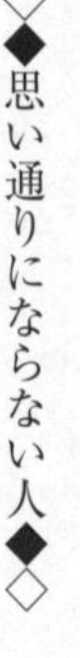

第一章 変わる気持ちのプロローグ

◇◆思い通りにならない人◆◇

「さくらちゃんは本当に何でもできて偉いわね～」

「ありがとうございます。ただ、私はまだ勉強中の身ですから、日々精進したいと思います」

私はそう言って微笑(ほほえ)み、頭を下げてその場を立ち去りました。

家のお手伝いをしていると、今みたいにいつも周りから褒められます。

小さい頃は嬉(うれ)しかったこともありましたが、当たり前となってしまえば何も感じることはありません。

子供の頃から要領が良かった私は、まるで呼吸をするように自然と行動が出来るようになっていました。

——どう動けば人が喜んでくれるのか。

——何をするのが適切なのか。

——自分の武器は何なのか。

そういったものへの理解は、次々と身についていきます。

それと同時にどこか周囲との距離を感じていました。

「さくら。いつかあなたが子供になれたらいいわね」

「えーっと、どういうことですか？」

「大人になることへ焦る必要はないということよ」

「別に焦ってなどいません」

「ふふ。恋すると女の子は変わるわよ〜」

お母さんには、たまにこんな話をされますが、今でも意味が分かりません。

別に、恋というものに興味がないわけではないです。

話をするのは好きですし、人の話を聞くのも好き。

運命的な出会いなんてものには確かに憧れはありますが……。

ただ、みんなからどんなに話を聞いても私の考える範囲を超えることはありませんでした。

——こう言えば、そういう反応が返ってくる。

それを理解しているから、周りが望む私として行動すれば全て上手くいきます。

ただ、ひとつ欠点があるとすれば……よく思わない人もいるというところでしょう。


『完璧すぎて、うざいよね』


今でも覚えています。そう言われた昔のことは……。

ただ私からすれば、最早褒め言葉ですが。

好意に好奇、嫉妬や羨望。

私に向けられる視線はいつも同じですからね。

後は、その評価を上手く利用すれば良い方向にしか転がらないし、優位性を保てます。

子供の頃から繰り返した経験のおかげで、どうすればよく思われるか手に取るように分かるので、抜かりはありません。

『雛森さん。好きです。付き合ってください!!』

そうやって告白されることは多いですが、私はいつも申し訳なさそうに断ります。

私から告白したことや、誰かを好きになることはありません。

だって——好意は向けられるものであって、私から向けるものではないですから。

常に一方通行です。

たとえ、しつこく告白されても、家を理由にして断るのは容易いです。

堅苦しい家に属することを希望する人は、同じ学生ではいませんし、当然覚悟なんてありません。

自分から好んで、めんどくさそうな肩書を持っている人と付き合おうとは思いませんから。

だから、家の話を持ち出したらみんな、あっさり引きます。

所詮、私の容姿を見て『あわよくば……』と考えた程度のものだったのでしょう。

——そんな日々を過ごしていた私も、とうとう高校生となりました。

けど、

「高校も新たな立ち位置の構築からですねー」

と、環境が変わっても私の考えは変わりません。

今回も今まで通り、やるだけですから。

そうですねー……決めました！

さぁてまずは隣の席から一歩目を始めますか。

そんなことを考えて、入学式を終えました。


——初めて顔を合わせるクラスメイト。

私の可憐な容姿は、あいも変わらず視線を集めてしまうようです。

入学という浮き立った状態ですから、余計に可愛い子には目がいってしまうのでしょう。

まぁ仕方ないですね、私ですから。

さて、私の隣の生徒は……？

そう思ってチラリと確認すると、私の隣は爽やかな感じの生徒でした。

チャラついた感じもなくて、いかにも好青年。

一目で〝この人はモテそう〟と思わせるものがありました。

ふふっ……。最初にして中々に高い壁ですね。

ですが問題ありません。

高校生活初日のドキドキと、私を見たことによる胸の高鳴りで……相乗効果を生んであげましょう。

まずは、にこやかに微笑みかけます……そうすれば、間違いなくイチコロですっ！

「初めまして。隣の席ですね」

「そうだね。初めまして」

「申し遅れました。私は雛森さくらです。これからご学友として一年間、よろしくお願いしますね」

「丁寧にありがとう。俺は鏑木律。一年間よろしくね」

「…………」

彼はにこりと笑うと、直ぐに前を向いてしまいました。

……って、反応がそれだけ⁉　どういうことですかっ⁉⁉⁉

普通は緊張して『お、お俺は、かびゅりゃきりちゅでひゅ‼』ってぐらい噛まないといけませんよ⁉

私の天使の微笑みを向けられて、まるで動じないなんて……いやいや、有り得ませんからっ!!

こんなに雑な扱いなんて…………あ、なるほど。

これは、もしかして照れですね？

教室で話しかけたから、周りの目を気にして照れてるんですね⁉

表情筋を頑張って働かせて、必死に耐えているってことに違いありません。

私は横目で彼の顔を見ます。

予想通り、頰が微かに動き何かに耐えているように思えました。

……ふっふっふ、計算通り。

私は心の中でガッツポーズを決めました。

その日の放課後。

彼はすぐに帰らなくて、クラスメイトの何人かと話した後に教室を出て行きました。

私はというと、彼を後ろから観察し、二人っきりになる状況を冷静に見極めます。

——ちなみに作戦はこうです。

曲がり角でタイミングよくぶつかって、尻餅をつく。

そして、そんな私を見て手を差し伸べて……手を握ることで無理矢理にでも意識させてゆく。

　という、悪魔的な計画です。

「あれ……？」

そんなことを考えていたら、いつの間にか彼が目の前からいなくなっていました。

けど、階段を降りる音が聞こえてきて、私は慌てて階段を降ります。

「あ……」

慌てていたからでしょう、私は階段を踏み外してしまいました。

……スローに見える階段は徐々に離れてゆき、窓から差し込む光が妙に眩しく、鬱陶しく思えてしまいます。

……あーやってしまいました。

衝撃に備えようと体が身構えたのを感じます。

だけど、床に体がぶつかることなく、代わりに逞しく何かに支えられました。

「雛森、大丈夫か？」

「ふぇ……？」

抱き留められ、私の口からは変な声が漏れ出てきます。

思っていたよりがっしりとしていた腕には、力強さを感じてつい身を任せてしまいたく

なります。

や、や、や、やられました……!!

私は今の鏑木さんを見てそう思いました。

彼の背中を光が照らし、それはさながら天から降臨した天使を彷彿とさせます。

いつか運命的な出会いをなんて、ベタで乙女チックなことを考えていましたけど……。

過去に経験したことがないほど胸が高鳴り、心臓がうるさいぐらいにドクドクと音を出しているようです。

——違う違う。

絶対にそうじゃない。

惚れられることがあっても、私が惚れることなんてあるわけがありません!!!

恋は一方通行。私が先に心を動かされるなんてあってはいけません!!

だから、

「ま、まだ負けていませんからね！　これで終わりだと思ったら大間違いですからっ」

私は彼に指をさして、宣戦布告をしました。

「いや、なんの勝負だよ」

彼は私を立たせると呆れたように肩をすくめて、そう言ってきます。

頬を膨らませて不満そうにする私を見ておかしそうに笑い、「じゃあまた」とあっさり去っていきました。

「え……あわよくば展開もなし……？」

助けて何か要求するわけでもなく、それでいて下心も感じませんでした。

実にあっさり。そう、まるで自然で当たり前のように。

まるで『私になんて興味がない』と言われているように思えました。

「……私だけ慌てているなんて、これじゃ馬鹿みたいじゃないですか」

そう呟いた私に沸々と感情が湧いてきました。

それは一重に『悔しい』という感情。

それ以上でもそれ以下でもありません。

彼だけが特別なんてあり得ないことですから。

――負けを認めない限り、本質的な負けではない。

この日から、私は彼に挑み続けています。

今日まで、感じることのあった思いはただの対抗心に違いありませんから。

◇◆あれ？　私だけ遅れてませんか？◆◇

「日差しは良好、私の笑顔も素敵……ふふっ。今日も私は完璧ですね〜」

私は朝、校舎でルーティンとなりつつある『鏑木さん照れさせ計画』の準備をしていました。

まだ学校の生徒はほとんど来ていませんから、すれ違うこともそんなにありません。

たまに来たとしても、私がまさか下見をしているなんて思わずに、ただ映画のワンシーンを見たかのように見惚(みと)れるだけです。

私は本当に罪な女ですよね……可愛くてごめんなさい。

……なんてね。

さてさて〜。お二人が来るまでかなり時間がありますから、決めポーズでも練習しましょうか。

今日は鏑木さんとぶつかって尻餅……。恥じらう私にドキッとしてもらいましょう。

あ……勿論(もちろん)、私も恥ずかしいので短パンを着用します！

うんうん。これで準備は完璧ですっ。

憂いはないですよ〜……と言いたいところですが、

「……最近なんか変なんですよねー」

言葉では表現しにくいですけど……。

ちょっと前に元気がなかった涼音ちゃんは以前の様子に戻りましたが、代わりに鏑木さんにどことなくぎこちなさを感じるんですよね〜。

みんなでいるときは、いつも通りに見えますけど……うーん、やっぱりあの日が関係してます⁇

私は生徒会の仕事があったから先に戻ってしまいましたけど、よく考えるとあの日の朝以来なんですよね。

二人の距離に変化があったのって……遠慮を感じるのも。

——ということは、まさか……？

私に内緒で付き合ったとかいう流れですか⁉⁉

それなら納得です！

水臭いですねぇ〜。

あ、でも鏑木さんって彼女がいるから…………涼音ちゃんは現地妻？

それとも、彼女は遊びで涼音ちゃんに本気とか⁉

ど、ど、どうしましょう!!

知ってはいけないことを知った気がします……。

それに、もし付き合っているとかそういう関係なら教えてくれてもいいと思うんですけど……後ろめたいとか、照屋さんなら仕方ないんですが…………。

どっちでしょう……なんか色々とモヤモヤします!!

状況に納得をしつつも、二人の関係を考えたら妙に心がざわついてきました。

胸の奥がぎゅっとして、なんともいえない歯痒さと苛立ちを感じてしまいます。

……言ってくれないからモヤってするんですか……?

そんな感じたことのない感情の動きをかき消すように、私は頰を軽く叩きました。

ここはとにかく、二人が付き合っているという証拠を摑んで、白状させて……存分にからかってみせます!

鏑木さんを照れさせることに成功したら実質勝ちになるので、きっと私の心も落ち着くはずですから!

そんなことを考えていると、階段を上がる音と共に聞き慣れた声が聞こえてきました。

「……なんかぎこちないんだけどー?」

「霧……涼音……って仕方ないだろ。まだ慣れてないんだから」

「えーまた言い間違えそうじゃん」

「長年の習慣は簡単には変えられねーよ」

「照れちゃって可愛いなぁ～。ほらほら、何度も呼んだら慣れるとかあるんじゃない？」

「……うるさい。からかうなよ」

「アハハ！」

いつものような軽快なやりとり。

だけど、私には違和感がありました。

……涼音ってやっぱり名前で呼んでいますよね……。

最近、鏑木さんは涼音ちゃんのことも名前で呼ぶようになりました。

来栖さんに対しては、彼に懐いている流れからかなって思っていましたけど、涼音ちゃんはどう考えても違います。

一年生の時からの友人の呼び方が急に変わるなんて、関係性が変わる以外にありませんからね。

鏑木さんって割と距離を置くタイプですし……さてさて、二人の会話を盗み聞きしますよ～。

私は耳を澄まして、様子を窺います。

「分かったよ、涼音……」

「いつも余裕のある律があたふたしていると可愛いね」

「……そんなこと言って、涼音は顔が赤くないか？　攻めることで恥ずかしさ誤魔化(ごまか)して
いるんだろ」

「そ、そんなことないから」

「いやいや、図星だろ。雛森に見られたらからかわれるぞー？」

「別に……名前呼ばれて嬉(うれ)しいとかないって」

「あ……口に出ているからな？」

「……別にいいでしょ。さくらに見られてもいいし、聞かれて困ることじゃない」

二人が上に上がってくる前に、私は近くの空き教室に隠れてしまいました。

いや新婚かっ！

何ですか、この初々しい二人は……。

めっちゃカップルの匂いがしているんですけどっ⁉

しかも、私に見られても構わないと⁉⁉

こんな雰囲気を邪魔は出来ないですよ～‼

「……それで、律はゴールデンウィークって暇？」

「まぁやることはあるけど……」

「ふーん。じゃあ一緒に勉強しようよ」

「今、やることあるって言わなかったか？」

「どうせ勉強とか、先生の手伝いとか、あとは学校の清掃ボランティアってところでしょ？」

「ま、まぁ」

お、この反応は鏑木さんが図星ってわけですね？

なんかたじたじって感じで面白いです。

ぷぷっ。情けないですね…………って。

これだと、鏑木さんにいいようにあしらわれている私が一番下みたいじゃないですか⁉

いつも私に見せる余裕はどこに行ったんですかぁ〜っ‼

「じゃあ、勉強の場所は学校でいいか？」

「うーん。もっと落ち着けるとこにしない？」

「……休日の教室は静かだから落ち着けると思うよ」

「まぁね。ただ、たまには気分転換もいいと思うんだよね ー」

「カフェとかは遠慮したいんだけどなぁ」

「カフェは人が多いでしょ。それよりも、もっとオススメなところがあるけど」

「……却下だ」

「まだなんも言ってなくない？」

「どうせ……家とか言うんだろ？」

「そうだけど。もしかして、部屋が散らかっているから嫌？」

「まぁ……そんな感じだ」

「へー私って掃除得意だから任せて」

「……散らかっているのは、見られたら気まずくなるやつなんだよ」

「そーいうのに偏見ないから」

涼音ちゃんは強いですね〜。

それにしても、鏑木さんは家には入れたくないみたいです。

これは、部屋に弱みがある可能性大ですね！

そう思うと私も興味が湧いてきました。

「律は家に上げたくないかもしれないけどー。この前、私にしたことの埋め合わせってことで」

「それを言われると……」

「あ〜酷（ひど）いなぁ〜。泣かされる思いだったのに〜。辛（つら）かったなぁ〜」

「やめろって。誰かが聞いてるかもしれないだろ……」

「アハハ！　大丈夫だよ。この時間ってそんなに人がいなくない？」

「確かにそう見えるが……」

私がいますよ〜……。

何でしょう……これって知ってはいけない話なんですか？

泣かされるとか辛いとか……ど、ど、どうしましょう！

まさか、大人の階段の話ですか⁉⁉

私は顔が熱くなり、手で何度も扇（あお）ぎます。

「とりあえず、ゴールデンウィークはちょっと遊ぶってことでよろしく」

「分かったよ。それなら時間を作る」

「ふふ。んじゃ、そういうことで」

二人が約束を交わす声が聞こえてきたと思ったら、足音と共に声が小さくなっていきます。

おそらくここから離れて行っているんでしょう。

私は二人の声が聞こえなくなった後、教室を出ました。

「ふぅ……なんとか行きましたね」

見つからなかったことに、そっと胸を撫でおろしました。

って、当初の目的忘れてるじゃないですかっ⁉⁉

せっかく絶好のロケーションだったのに〜っ！

私は肩を落とし、口からは大きなため息が出ました。

「まぁ次の機会に頑張りましょう。こんなんでめげては勝ちはないですから」

【元気出して】

「ふふっ。励ましありがとうございます。来栖さんは相変わらず綺麗な字で書いていますね」

【これはテンプレ保存】

「なるほど、準備がいいですね〜。ひょっとして鏑木さんからの提案でしたか？」

【律のお陰】

「やはりそうでしたか………って、来栖さんは何でここに⁉」

驚く私に対して、来栖さんは不思議そうに首を傾げます。

そして感情が読めない表情で、【最初からいたよ】とタブレットに書いて見せてきました。

嘘……いつからいたんですか？

普通に隣に立っていたから、かなりびっくりしたんですけど……。

はしたなく飛び上がってしまいましたし……って、最初からいたんですか？

「で、では私の様子も見られて……？」

【バッチリ】

「のぉ……私の面目が……」

【二人が喧嘩しないように見守るの偉い】

「あ、え……」

【違う？】

「い、いえ！　そうですよ～。私はフレンドリーマスターですからねっ！　みんなが仲良しになるように見守るのが私の仕事です!!　これも生徒会活動の一環ですからっ」

私が見え透いた嘘を言うと、来栖さんは目を輝かせて手をパチパチと叩いた。

【流石、生徒の代表。憧れる】

そんな純真無垢な目を向けないで～！

うっ……尊敬の眼差しが痛すぎますっ。

これなら寧ろ突っ込まれて指摘された方がましですよぉ……。

引っ込みがつかなくなったら生き地獄じゃないですかぁ～。

と、とりあえず話題を変えましょう。

　このままだと私の精神が殺されてしまいます。

「えーっと。来栖さんはこんな朝早くから何をしていたんですか？」

【掃除。一日一善は絶対】

「あーそういうことですか。偉いですね～。じゃあ、この教室にいたのも掃除ですか？」

【気配がしたから隠れた】

「あなたは動物ですか……？」

【雛森さんも同じ理由？】

「いえ、私はタイミングを逃しただけで……。けど、来栖さんなら隠れなくても良かったのでは⁉」

【ダメ。邪魔しては悪い。いい雰囲気】

「なるほど……」

　私がそう呟（つぶや）くと、来栖さんはぎこちない笑顔を見せました。

　彼女としては精一杯笑っているつもりなのかもしれないですが、引きつり笑いみたいな感じです。

同じクラスになって分かりましたけど、ほんと遠慮する子ですよね。

本当は二人に話しかけたいけど、何か察して引いたみたいですし。

ただ、引いた理由が『いい雰囲気だから邪魔したら悪い』ということですから、付き合っているかどうかを来栖さんは知らなそうですね……。

私がそんなことを考えていると、来栖さんがちょんと肩を突いてきて、【相談をしたい】とタブレットに書いて見せてきました。

「私に相談ごとですか？」

【恋愛・フレンドリーマスターに指南のお願い】

「……ふふっ。よく分かっているじゃないですか〜！　大船に乗ったつもりで、なんでも聞いてください」

【好きって何？】

「……スズキ？」

【魚じゃなくて。人を好きになること】

私のボケを軽く流され、タブレットを胸に抱いた彼女はじーっと見つめてきます。

その目はやけに真剣で、気圧されるほどでした。

あーどうしましょう。

強がってはみたものの、恋愛とか分からないですよ。

恋の駆け引きなんてしなくても、私が話すだけで即落ちですし。

……まぁ例外もいましたが。

よし、ここは何とかカッコイイことを——

「そうですね。明確な答えはないですが、一緒にいることで見えてきますよ。なので気になる相手と過ごしてみるのはいかがでしょうか？」

【どんな風に？】

「そ、それは……例えば…………密着してみる、とか？」

【なるほど】

「と、とにかくですね！　何か自分の中で気持ちの揺れ動きや、その人のことしか考えられなくなるのが恋ですよ！　それを確かめるためには行動あるのみですっ！」

私が言ったことに、来栖さんは何度か頷いて、【ありがとう。早速、頑張ってみる】と書いて見せてきます。

そして、ぺこりと頭を下げるとすぐに去っていきました。

おそらく、鏑木さんのところに向かったのでしょう。

ほんと、真面目で頑張り屋さんですね。

けど、

「はぁ、偉そうなことを言いましたけど……。盛大にやらかした気がします……。私が原因でトラブルとかになりませんよね……？」

あ〜、鏑木さん。

あなたはどこの一級フラグ建築士なんですかぁ〜。

彼女がいるのに優しくしちゃうから、こんなことになっちゃうんですよー。

どうなっても私は知りませんからね……まぁ、何か来栖さんが変な行動をしたら私のせいかもしれないですけど……。

「なんで、鏑木さんはいちいち理想的な行動をするんですかぁー」

私はそう呟いて、大きなため息をつきました。

ほんと、行動が読めないんですよね。

裏をかいても見破られますし……。

まぁ、だからと言って、私は諦めませんけど。

強大な壁こそ攻略した時の喜びは格別になることですからね。

さぁ〜て。私はいつも通り、彼を惚れさせるために動いていきましょう！

他の人みたいに、私から好きになるなんて、絶対に有り得ないですから。

◇◆自分の気持ちが分かれば◆◇

「……集中できないな」

俺は開いていた参考書を閉じて、そのままベッドの上にどかっと転がった。

自分の腕を枕にするようにして仰向けになり、ぼーっと天井を眺める。

口からは、「はぁぁ」と大きなため息が漏れ出ていた。

「切り替えができないとか情けねー」

そんな言葉を吐き、またため息をつく。

勉強をしようにも手に付かず、気分転換に読書をしようと思っても全く頭に入ってこない。

学校から帰ってきてからこの繰り返しで、気がつけばもう日付が変わる時間だった。

——律が私にしてくれたように、今度は私があんたの心のスキ間を埋めてみせるから。

どんな時にも思い出されるのは、彼女の心の声……。

決して声に出して告白されたわけではないけれど、心は嘘をつかないと知っているから……俺に向けられた好意に気が付かないわけがなかった。

「あんなハッキリ聞こえるって……どんな顔をして接するのが正解なんだよ」

素直な好意は嬉しい。それに光栄なことではあると思う。

ただ、好意というのは簡単に悪意にもなるし、関係の崩壊に繋がってゆくこともある。

特に好印象からの転落は、下がり幅が大きい。それこそ、関係が修復不可能なぐらいに壊れ切ってしまうものだ。

そういう心の変化を見てきたことがある俺は、トラブルと無縁に生きたかった。防衛線を張って、うまく躱してゆけばいい。そんな安易なことしか考えていなかった自分が今では恨めしい。

……マジで考えがまとまらない。

今まで通りに普通に接する？

それとも露骨に距離を置く？

どちらも最低だよな……。

考えがまとまらないから、心なしかぎこちなくなってると思うし……。

違和感を感じるのか瑠璃菜も気を遣っているみたいなんだよなぁ。

松井や雛森がいつも通りなのは幸いだが……。

俺は、気を紛らわせようとぼーっと窓から外を眺める。

風が吹いて、木々の葉が擦れる音がなんだか耳障りに聞こえ、自分の苛立ちに俺はため息をついた。

「おーい、愚弟。偉大なる姉の夜食を作れ」

そんな声がしたと思ったら勢いよく部屋のドアが開き、学校とは違ったラフでだらしない格好をしたさーやが入ってきた。

「……たまには自分で作ってくれ。料理が出来ないと貰い手がなくなるぞ」

「ああん？　今、何か言ったか？」

「ぐっ……急に乗るなって。マジ重いから……内臓が飛び出る」

さーやは、マウントをとるような形で仰向けの俺にのしかかってきた。

見方によっては、男女の営みに見えるかもしれない……そんな、なんとも言えない光景である。

しかし、上に乗っかるさーやの目はぎらついていて、男女の艶めかしい雰囲気はまるでなかった。

どちらかと言うと、今の状態を正しく表現するのであれば、捕食者と被食者の関係ってところだろう。

ちなみに俺は食べられてしまう方だ。

「いいか律？　女に重いなんてことを言っちゃいけない。そもそも私は軽い方だ（まぁ……昨日、食べ過ぎてピンチだが……）」

「おい……心の声が漏れてるからな。変な見栄を張るなよ」

「馬鹿か。気持ちで負けたらおしまいだろう」

「それ、太ったって認めてるようなものじゃないか。気が強すぎると、誰も寄ってこなくなるぞー」

「ああん？（殺！）」

「顔怖っ！　てか、心もシンプルに物騒だな……！」

さーやがドスの利いた声を出して俺をにらみつけてくる。

さながら、嚙みつく前の猛獣ってところだろう。

「ってか、さーや。俺が悪かったから降りてくれ……」

上に乗る姉にそう文句を言うと、呆れたようにため息をついた。

「降りる気はないぞ？」

「いや、降りろよ。なんで俺が変なこと言ったみたいに、首を傾げてるんだ」

「そりゃあ。弟が口を割るまで動く気がないからな」

「俺は犯罪者か何かか……全く。何を喋らせたいんだよ……」

「ははっ。愚弟が辛気臭い顔で過ごしていれば、馬鹿でも何かあったことぐらい分かるだろ？　まぁ、いいから話してみろよ」

さーやは急に優しい表情になり、それから肩をすくめてみせた。

俺が逃げないようにしているんだろう。

心の中では『話すまで逃がさん』と言っていて、その決意は確かなようだ。

そんな姉に俺は苦笑した。

「顔に出したつもりはないんだけどなー」

「そう思っているのなら、お前の演技力もまだまだってことだろ。上手く立ち回っているつもりでもな、案外綻びっていうのは出るものだ」

「確かにその通りだったな……」

「ま、なんとなく想像はつくよ。いつの時代も悩みは人間関係だからなぁ」

「別に悩みってほどではないよ。ただ、適切な対応を思案しているだけだ。これぐらい問題ない」

「はぁ。全く……頑固者には困ったものだよ」

勝手に言っとけよ……。

俺は無視して、抜け出そうとする。

しかし、当然抜けられるわけもなく、姉の拘束する手に力が余計に入る始末だ。

「まっ、お前のポリシーとか信念はどーでもいいや。どうせ問い詰めても何にも話さないだろうしなぁ」

「分かっているなら、退いてくれると有難いんだけど」

「だからここは、人生経験が豊富な姉が一方的にご高説を授けてやろう」

さーやはそう言って得意気な顔をして、胸を張った。

俺が不服そうに視線を向けても、気にした様子は全くない。

「そもそも、人と関わるくせに壁を作るなんてことは無理があるんだよ。一方的に助けておいて、惚れないわけないいんだ。そう、例えば霧崎みたいにな？」

「…………」

「だんまりを貫くなら肯定と受け取るよ」

「……いや、別に呆れてモノも言えなかっただけだよ。やっぱり、さーやぐらいになると妄想力が逞しくなるのか？」

「正直に言えよー。今ならさっきの言葉を水に流して、少しの体罰で許してやるさ」

「体罰っていうのはどうかと思うよ」

「拳で語るのは世の常だからな」

「ここは戦闘民族がいる国じゃない。適当な想像はやめてくれ」

俺が突き放すように言うと、姉は顔をじっと見つめてきた。

目を逸らさずにじっと見つめられ、心からは確信しているような声が聞こえてきている。

……だから、姉の対応は苦手なんだ。

子供扱いされているようで……。

俺は深く息を吐いて、降参の意を伝えるように手でポーズをとった。

「……はぁ。だからさーやは……嫌いなんだ」

「律とは年季が違うからな。心の声が聞こえたとしても、高校生には負けないさ」

「子供扱いすんなって」

「ははっ。悪い悪い」

あっけらかんと笑う姉に俺の口から再び、ため息が漏れ出る。

こういうところが厄介なんだよ。

ズカズカと俺の心に踏み入り、無理矢理にこじ開けてしまう。

何も聞こえない筈なのに、こうも簡単に見抜いてくる。

姉は俺の頭に手を置き、そして、くしゃくしゃとやや乱暴に撫でてきた。

「いいか、律。これからは、逃げるんじゃない」

逃げるな。その言葉に胸がチクリと痛む。

的を射た指摘に心が一気にざわつき始めた。

そんな俺の心の変化を敏感に感じ取ったのだろう。

乱暴に撫でていた手つきが、いつの間にか優しいものに変わっていた。

「……律。どんなに気持ちの壁を張ろうと意味がないものは意味がない。それよりも強い気持ちの前では意味をなさないんだからな？　若い奴は若いなりに悩んで、そして楽しめばいいんだ。無駄なことは考えるなよ」

「無駄なことか……」

「それにな。秘密があって、壁が厚く見える奴ほど人は気になってしまう。お前は自分に鈍感すぎるからな。他人の声が聞こえても自分が見えていないんだよ」

「鈍感って、別にそんなことは」

「いやいや〜。十分に鈍感だよ。だから、分かるように言葉で教えてやる」

「………」

「人の頑張りや気持ちを無下にするな。それが声に出したものじゃなくても」

そう言われ、あの日の涼音を思い出す。

顔が強張り、力が入った目。

挑戦的な態度だったけど、僅かに震えていたと思う。

そうか……そうだよな。

「きっと〝想像を絶する恐怖〟だったと思うよ。どんな反応をされるかが怖くて、今にも押しつぶされそう、そんな気持ちを抱えながら、関係を進めようと思ったんじゃないか。仲良しから進むっていうのは、覚悟と勇気がいることだからなぁ」

「そうだよな……」

「けどな。それを知ったからといって別に付き合えとか、好きになれとは言わないよ。好きでもないのに付き合うのは、それこそ不誠実だ」

「……ああ」

「甘えんなよ？　相手が引くのを待つなんて逃げをするんじゃない」

予防線を張っていれば、誰も傷つかないし無用なトラブルを避けられるはず……そう思っていた。

でもそれは結局——逃げでしかない。

他人に判断を委ねる行為で、自分が楽なだけ。

そう考えると……最低だな、俺。

「しっかり悩んで励めよ、青少年。まぁこれが、婚期が遠のいている姉のアドバイスだ」

途端に説得力がなくなりそうな姉の台詞なのに……何故かこの時は、すーっと頭に入ってくる。

ほんと、いい姉だよ。

そんなことを考えていると、さーやは思い出したように手を叩き「あー、そうだ」と口にすると不穏な間を作り出した。

「わかっていると思うけど、好きが溢れ出した女の子は引かないと思うぞ」

「そうなのか？」

「パワーは凄いからな。一度流れ出した川が止まらないのと一緒だ」

「………」

「だから変な根比べなんて、無意味だからさっさと負けてしまえ」

「いいのかよ、それで」

「そんでもって、演じて、偽って、いつまでも殻に閉じこもるなよ……。何も頼ってくれないのは、家族として寂しいからな～？」

俺が「悪い」と言うと、寂しそうな顔を見せながらも、気合いを入れるように両肩を何度か叩いてきた。

それから、姉は立ち上がり大きな欠伸をすると、そのまま背を向けてドアへと移動した。

「気張れよ、律（いつかお前に気づいてくれる本物に、会えるといいな）」

「……ありがと」

俺の言葉に姉さんは手をひらつかせて応えると、部屋を出て行った。

「……ははっ。夜食はよかったのか？」

姉の気遣いが気恥ずかしくて、俺は思わず笑ってしまった。

再びベッドに倒れ込んで、電球の光を遮るように手を伸ばす。

「……自分の心も聞こえたら、答えが見えるのかな」

そんな呟いた言葉が静かになった部屋に、寂しく響いていた。

◇◆経験がない気持ち◆◇

私が律に対して出来ることって何？

――体育の時間。

私はベンチに腰掛け、テニスをするクラスメイトたちを眺めながら、さっきのようなことを何度も考えていた。

……いつも頑張ってるよね、ほんと。

瑠璃菜が走ってボールを打ち、それを胡桃が打ち返す。

テニス部ではない二人だけど、素人目で見ても中々に上手だ。

ラリーが続き、胡桃は「どんどん行くよぉ～」と元気な声を出しながら楽しそうにしている。

対照的なのは瑠璃菜で、涼しい顔をしながらそつなくこなし、たまに口角を僅かに上げるだけ。

彼女の性格を知らなければ、ちょっと小馬鹿にしているように映ってしまうかもしれない。

「く～ちゃんはよゆーだねぇ。だったら胡桃も負けてらんないなぁ！」

無邪気に言う胡桃の言葉に反応して、瑠璃菜は自分もと言いたげに何度も頷いた。

まぁ笑顔には見えないけど、胡桃は気にしていないようだから問題ないか。

いいな、楽しそうで……。

そんなことを思っていると、さくらがやってきて、いつもみたいな魅力的な微笑み顔で私の隣に座った。

「なんだか盛り上がってますね？」

「そうねー」

「あのー涼音ちゃんはやらないんですか？　やる相手がいないのなら、私がご一緒しますけど」

「今は自由時間だからパスで」

「え〜。やりましょうよ〜」

「そんな体力ないし、運動し過ぎたら午後の授業で眠くなるでしょー？　別に私のことを気にしなくていいよ」

「ん〜……では、私も見学することにします」

さくらはそんなことを言った後、私のことを横目で見ていた。

タイミングを窺っているような仕草……。

私が視線に気がついてないと思ってるの？

律の前にいる時ほどではないけど、さくらって気を許した相手にはとことん隙だらけなのよね。

それこそ心配になるぐらい。

私は顔を前に向けたまま、話を切り出した。

「それで、何か用があって来たんじゃないの？」

「え……い、いえ！　そんなことないですぅ～」

「はぁ。もう少し誤魔化す努力をしてよ。語尾が変になってるからねー」

「あはは……」

さくらは曖昧に笑い、それから誤魔化すようにコホンと咳払い(せきばら)をした。

まるでなかったことにしたかのように、柔和な笑みを浮かべる。

相変わらず、切り替えの早さが凄い。

まぁ、面の皮が厚いって言うのかもしれないけど。

「えーっと。最近、涼音ちゃんは良いことありました？」

「良いこと？　別にこれと言ってないけど。私ってそんな機嫌が良さそうだった？」

「い、いえ。ただ、何か変わったような気がしまして。雰囲気が柔らかくなったと言いますか」

「まぁ確かに。気持ちは変わったかな？」

「やっぱりそうなんですね！　ではその理由ですけど、例えばテスト結果が良かったとか、それとも………恋人ができたとかですか？」
「恋人？　あー、そういうことね」
私はさくらの質問に頷いてから、空を見上げた。
確信してるなぁ。さくらってよく見ているし……気づかれて当然よね。
私はため息をつき、さくらを横目で見る。
「ふふ。これでも私は人生経験が豊富ですから、何か困ったことがあれば力になります
よ？　悩みでもなんでも解決して差し上げます」
「凄い自信……。確かにさくらなら、どうにか出来ちゃう気がするね」
「お任せください。悩み相談の請負人とは私のことですから」
さくらは、女子でも見惚(みと)れてしまうような魅力的な笑顔を向けてきた。
……こういう顔が私にも出来たらいいんだろうね。
はぁ……悩みがあるかと言われたら、『間違いなくある』って声を大にして答えたい。
私の悩みなんて、ここ一年ずっと律についてだけど……。
この前の一件で解決したかと言うと、そういうわけではない。
たしかに、律との距離は前よりも近づいたと思う。
けど同時に、私たちの間にちょっとした違和感が生まれてしまった。

律は今まで通りに振舞っているつもりかもしれないけど、私にはどこか対応に戸惑っているように見える。

壁を作ることが当たり前になっていたからこそ、急な変化に気持ちが追い付いていかないんだろう。

私もそうだったからよく分かる……。

それに、昨日の今日で私だってどうすればいいか困ってるし。

迷いがあれば違和感が出ていても仕方ない。

なんとかいつも通りを維持しようとからかっても変な緊張が襲ってくる。

一緒にいるだけで、前よりもドキドキしてしまって……何をすればいいか分からない。

心の中で宣言をしたものの、『アピールって何すればいいの？』って感じ。

……あれ？　そう考えると、さくらって適任？

お言葉に甘えて頼りになる友人に相談しよう……かな。

「じゃあ……さくらに話すけど、いい？」

「おおっ！　是非是非〜私に任せて下さい！」

「……なんでそんなに嬉しそうなの」

「涼音ちゃんって鏑木さんと一緒で自分のこと全然話さないじゃないですか！　だから、

「ちょっと嬉しく思ったんですよ～」

さくらはそう言って嬉しそうに頬(ほお)を緩ませた。

……なんかすごい恥ずかしい。

私は咳払いをして、周りの様子を窺うとさくらに「……どうすれば気を引けると思う？」

と耳打ちをした。

「涼音ちゃん、それはもしかして鏑——じゃなくて男性の気を……ってことですか？」

「……そう……だけど。なんかにやけてない？」

「いえいえ～。ただ、涼音ちゃんの乙女な顔って今まで見たことがなかったので」

「しょうがないでしょ……経験ないんだから」

やばい……顔が死ぬほど熱い。

私は手で顔を扇(あお)いだ。

「あ、一応確認ですけど。男性目線の話とかは……？」

「あーえっと……今回は相談できないんだよね」

「……やはり」

「どうしたの？」

「いえいえ！　別に、もーまんたいですっ！」

「……そう？」

「私は恋愛のプロですからね！　つまりは恋多き女です！」

「この年でそれは早いと思うけど……。まぁ、私の認識が違う感じ？　今まで興味とかなかったし」

「そ、そういうことですねー！　知らないのは無理もありません」

律への気持ちを考えないようにして過ごしてきたし、初恋の相手も律……。

恋愛の話題を避けてきたから、一般的な感覚とズレていることはあるのかも。

分からないけど……ひとまずは意見を聞いて、視野を狭めないようにすることが大切よね。

「早速ですけど、男性を上手く転がすためには性質を熟知していることが重要です」

「……うん？」

「男の人って単純な人が多いですから、女の子のちょっとした仕草に心が惹かれてしまうんですよ。可愛い人が横を通っただけで、すぐに目がそっちにいくぐらいですし……」

「え……えーっと」

「なので、視線を誘導するためにも自分の魅力が何かを把握することが必要ですね。チャームポイントが何かを理解していないと戦えません」

「私は別に戦いたいわけじゃないんだけど……」

「恋愛は戦いですよ？」

『当たり前でしょ？』みたいに言わないでよ。

え、何？　もしかして私がおかしいの……？

「いいですか涼音ちゃん。いくら可愛くても自分磨きを怠っては駄目です！　受け身ではなく攻めの姿勢で臨むべきっ」

「せ、攻めの姿勢……」

「はいっ！」

ややや興奮気味に言ってきて、にやりと笑う。

「分かった……。とにかく目を惹くようにしてみる……」

「応援してますよ～」

「けど、上手くいく……？」

「涼音ちゃんなら大丈夫ですよ。それにここが頑張り時ですっ」

「……うん」

「付き合い始めの今が肝心です。どこかで倦怠期とかはありますから、更に仲良しになるための試練と思ってください。上手くいけば、もっと仲が深まりますよ～」

「そっか、試練ね――………………って、ちょっと待って」

「どうかしました？」

「何か勘違いしてるみたいだけど、私は誰とも付き合ってないから」

「え…………そうなんですか!?!?」

「ちょっと、声が大きい」

私は慌ててさくらの口を押さえた。

なんでそんな勘違いをしているか分からないけど、大きな目をぱちくりさせている。

「……ごめんなさい。けど、本当なんですか？」

「ほんとほんと。付き合ったことなんて一度もないし」

「じゃ、じゃあ付き合ってないということは………人に言えない内緒の関係？」

「ち、違うから！」

「しーっ！　今度は涼音ちゃんが大きいですよ～」

「あ、ごめん」

私の声に反応したクラスメイトの何人かがこちらを見ている。

何でもないとジェスチャーで伝え、ベンチに座り直した。

「とりあえず、付き合ってるとかじゃない……。いずれは……って思うけど」

「そうなんですね。それでは、修羅場的な展開は……？」

「修羅場？　あー……うん。問題ないかな」

さくらの反応的に私が律のことを話してるのは、察してそうだけど……。

律は『彼女がいる』って嘘ついてるから、こんな微妙な反応になるよね。

まぁ……律の嘘を私から言うのは違うから、気をつけないと。

私がさくらをチラッと見ると、彼女は難しい表情をしていて、

「略奪を目論んで……胸にしまって」

と呟き、何やら違う方面を考えているようだった。

けど、すぐに視線に気がつき、表情を整えると微笑みかけてくる。

「涼音ちゃんに色々と伝授しますね」

「……ありがと」

「いえいえ。とりあえず、そうですね～」

流石の切り替えの早さだよね。

深く突っ込むと不味いと思って、聞くのをやめたみたい。

さくらは悩んだ素振りを見せた後、手をポンと叩いた。

「今までの接し方で効果がなかったと思うのなら、別の方法にしてみませんか？」

「別の方法……それが分からないんだけど」

「簡単です。涼音ちゃんはどちらかというとクールですから、甘えた仕草でも十分に効果があると思いますよ。急に弱った態度も効果的です」

「甘える……？　弱った態度……？」

「はい！　つまりギャップ萌えですね！　涼音ちゃんは、良くも悪くも気が強く見えますから効果的だと思いますよ」

「ギャップって言葉は理解しているけど……。それは、具体的にどうすればいいの？」

「例えば一緒にいる時に、『私、疲れちゃったなぁ〜』と言って腕に抱き着くとか？」

「え………」

「他にも上目遣いで相手を見つめて……あ、なるべくボディータッチはしてくださいね？　そして、相手が自分の視線に気が付いたら、こちらが視線を逸らして悲しそうな顔をします」

「…………」

「物憂げな態度は相手を揺さぶるのに十分な…………って、何か言ってくれません!?」

「……さくらって凄いね。そんな心理戦、私には思いつかないから」

「ま、まぁ私ぐらいになると知識が豊富ですからね！　それで、涼音ちゃんは出来そうですか⁉」

「うーん」

今まで律とは軽いノリでしか話したことがないから想像がつかないけど、せっかく教えてくれたわけだからね。

えっと、律に対して甘える自分……？

私は、さくらが言った内容を思い返しながら実行した自分を想像してみる。

途端に熱が出たと錯覚してしまうぐらい、体に熱が帯びた気がした。

「考えるだけでハズイんだけど……」

「あらら、確かに顔が真っ赤ですね」

「うっさいから」

「まぁまぁ。でも、最終的には相手のために何がしたいのか……それが重要だと思いますよ」

「何がしたい……」

「はい。そういうのは何かありますか？」

優しい口調の問いかけは、心にすとんと落ちてきた気がした。

おこがましい話かもしれないけど、律の心にある隙間……それを私は埋めたい。

傷があるなら癒してあげたいと思う。

簡単なことではないけど、少しずつでいいから寄り添って……。

そっか、それでいいってことね。

考えがまとまった途端、気持ちがどこか晴れていくのを感じた。

そんな私の様子をさくらは微笑みながら見ている。

「解決しそうですね？」

「うん……多分だけど。ありがと、さくら」

「いえいえ～」

「でも、気になったんだけど……さくらは好きになったりしないの？」

「一億パーセントないですよ～。私は告白されることしかないですからね。自分からはあり得ないです」

「アハハ！　流石～」

私が軽く拍手をすると、さくらは胸を張って得意気な表情をした。

自信たっぷりな彼女が少し羨ましい……。

でも、話したことでそんな彼女のエネルギーをもらえた気がする。

迷っても仕方ない。私は頑張るだけ。

私は私らしく。彼を理解する私でいたいから……。
恥ずかしくても、とにかく進む。
ブレーキが壊れてると思って……よし。頑張ろう。
私は、そう心の中で気合いを入れた。

続：友達の距離感はバグってる

◇◆二人の距離がおかしい件について◆◇

大型連休を間近に控え、春の緩やかな暖かさから徐々に少し汗ばむ陽気へと変化しつつある。

「なんか肌寒くない？」

そんな天気がいい日なのに、横に座る涼音は俺にそんなことを言ってきたのだ。

……言うほど寒くないと思うが。

待ち合わせの場所はいつも日陰になっていて、冬はかなり寒いけど夏場は学ランが必要になるほどの寒さはない。

寧ろ心地良いぐらいで、俺にとっては避暑地的なところでもある。

俺は首を傾げて、心の声に耳を傾けた。

（……どう）

僅かに聞こえた気はするけど、残念ながら意図は分からなかった。

「えっと。今日、そんなに寒いか？」

「うん、まぁ……私的には？」

涼音は曖昧に笑い、頬（ほお）を人差し指で掻（か）いている。

少し前は聞こえてきていた涼音の心の声は、あの日からあまり聞こえてこない。

雛森（ひなもり）と違って主張が少ない彼女からは声が聞こえにくい。

だから、『また何か抱えてるんじゃないか？』って心配になるんだけど、今のところそんな様子は見えなかった。

っていうより、最近は前よりも明るくなったし、どこか冷たくて苛立（いらだ）つ雰囲気も消えている。

まぁ……また心の叫びが聞こえたら、俺に出来ることをすればいい。

ともあれ……スッキリした表情をしているのは嬉（うれ）しい変化だよ。

中学の時は、めっちゃトゲトゲしてたしな。

俺は、そんなことを思い出して苦笑した。

「何、ニヤついてんの？」

「いやいや。昔はハリネズミみたいだったのに、随分と丸くなったなと思って」

「まぁ誰かさんに変えられちゃったからねー。身も心も……」

「おい。その言い方だと語弊があるだろ」

「だって本当のことでしょ？」

「精神的なものはそうかもしれないけど、身って部分は……違くない？」

「ふーん……」

俺が訊ねると、じとーっとした目を向けてくる。

そんな目で見られると不安になるんだが……本当に何かやってしまったのか？

過去を思い返してみても、心当たりがまるでない。

けど、その視線は何かあると告げているようだった。

「ほら、これ」

そう言って涼音は自分の髪をサラッと掻きあげる。

それから悪戯を成功させた子供みたいな無邪気な表情をした。

「焦ってやんのー。私はロングヘアーだったのに髪切ったでしょ？」

「髪のことかよ！　紛らわしい言い方をするなって！」

「髪って身体の一部だから間違ってなくない？」

「……確かにそうだが」

「あれあれ？　律ってば、何か違う想像をしてらっしゃった⁇」

「くっ。分かりやすく煽ってきて……」

「あはは！」

涼音はケラケラと笑い、俺の肩を叩いた。

「髪を切ったのは心機一転したかったからだけどね」

「心機一転ねー。高校デビュー的な感じか？」

「失恋したからね」

「ぶっ⁉」

俺が噴き出すと、またニヤリと笑う。

……隠す気がないな。

向けられる好意は心地よいものではあるけど……。

ここまでストレートに来られるのには慣れてないから、心臓に悪い。

「ってことで、寒いと言った私の意図はなんでしょー？」

涼音は畳み掛けるように、俺へと質問を投げかけてくる。

横目で彼女を見ると目が合い、俺の顔をじーっと見つめてきて何かを待っているような顔をした。

「あはは、悪い。あいにく貸せる上着がないんだよ」

「…………ふーん」

「なんだよ。その何か言いたげな視線は……」

「別にー。けど、ちょっと思うことがあって」

「思うこと？」

「まぁね（……そっちがその気なら私は構わないけど）」

涼音はそう言って、俺の肩にピタリと体を寄せてきた。

「え、えっと涼音？」

「寒いからこれで暖をとろうかなーって」

「いや、それで温まれるのか？」

「なーに？　もしかして、もっと密着しろって⁇」

「違うって、俺はただ――」

「律ってばやらしー」

「はぁ……まったく」

いつもの余裕たっぷりな笑みを浮かべ、からかう気が満々の様子だ。

（こ、これでいいの……？　顔は赤くなってないよね？　大丈夫……あくまで平静を……）

……ん？

なんか今、聞こえてきたか⁇

俺は再び涼音を見る。

相変わらず余裕たっぷりだけど……。

（……平常心平常心。動揺がバレたら恥ずかしくて死んじゃうって）

そんな心の声が聞こえてきて、俺は思わず苦笑した。

心の中の動揺が筒抜けなんだよなぁ。

しかも、頑張って照れないようにしているから、目で見える光景と心が違い過ぎて俺にだけぐさりと効くんだが……。

「ん？　どうしたの律。顔が赤いけど？」

「……なんでもない。てか、くっつきすぎるのはどうかと思うぞ」

「まぁまぁ。人間って人肌が恋しくなる時もあるから仕方ないでしょー。こうしているだけで落ち着いてくるんだから」

「落ち着くねー。俺としては、あんまり落ち着かないんだが……」

「あはは！　それは意識しすぎー」

「けど、こうやって寄り添って時間を過ごすのも悪くないって思わない？　深呼吸して、耳を澄ますだけでなんだかスッキリする。騙されたと思ってやってみてよ」

俺は言われた通り、深呼吸をした。

目を閉じると、葉が擦れる音ぐらいで他に何も聞こえてこない。

彼女の心の声も聞こえなくて、俺では中々味わえない静かな時間だった。

ここの場所が静かというのもあるが、一番は声が聞こえてこないからだろう。

代わりに彼女から伝わる温もりをはっきりと感じる。

「……確かにそうかもな。悪くないかな」

「でしょー。律はおじいちゃんみたいなところがあるからね。ぴったり〜」

「一言余計だ」

俺と涼音は黙って、空を見上げる。

無言のままでいると、涼音が話題を振ってきた。

「そういえば律って料理得意だよね？」

「まぁね。それなりには得意かな。いつも自分で用意してるし」

「そっか。じゃあそんな律にお願いがあるんだけど」

「仕方ないだろ……」

「俺が出来ることならいいよ」

「ありがと」

そう言った涼音は俺の顔を覗き込むようにして、

「じゃあ今度、私の作ったお弁当を食べてもらっていい？」

と、聞いてきた。

「え、涼音って料理ができるのか？」

「何？　出来ないと思ってんの？」

「目つき怖っ！　ほ、ほら、いつも弁当というよりは、買ってきたパンを食べてるだろ？　だから、料理とかはしないのかなーってさ」

「…………」

無言の圧をかけられ、俺は苦笑いを浮かべるしかなかった。

そんな態度を見た涼音は、はぁとため息をついて不満そうにむすっとする。

「これでも自信はある方なんだけどー。私のイメージってそんな感じー？」

「悪かったって。けど、料理なんていつ練習してたんだ？」

「将来に必要だから、練習してたって感じかな。両親は仕事で忙しいし、家事全般をやることが多いの」

「なるほど。それでか」

「そうそう。まぁでも料理は上手くなりたかったから、結構勉強したかな」

「へぇ〜。もしかして、お嫁さんになった時に手料理を食べさせたい的なところがあったとか？」

終始、転がされているから、この返しで一矢報いたつもりだった。

まさかそんなことはないだろうと思って投げかけたのに……。

涼音は湯気が出てきそうなぐらい顔を赤くした。

「え、あ、その……違うから」

「図星？」

「い、いや、それは……。ほら、家庭的な雰囲気って憧れない……？　旦那さんに料理を出して、ニコニコとしてくれる感じとか」

「……涼音って意外と可愛い目標があるよな」

「ああ、うっさい！　いいでしょ別に!!」

「脇腹をこづくな」

照れ隠しで脇腹を何度も突かれる。

こんな姿は見たことがないから、なんだか微笑ましい気持ちになった。

涼音はコホンと咳払いをして、俺の胸に人差し指を当ててくる。

「とにかく！　今度、私の料理を食べてみてよ。ほっぺを蕩けさせるぐらいの作るから」

「じゃあ、有難くもらうけど……いいのか？」

「侮られたままは癪だし、私がしたいだけだからいいの。お望みなら、他にもマッサージでも何でも出来るから」

「涼音って、将来はダメ人間製造機になりそうだよな」

「え、なんでよ」

「いや、なんか。何でもやってしまいそうじゃない？　俺が『毎朝、起こしてくれ』とお願いしたら、やりそうな雰囲気あるだろ？」

「まぁね。だって、好きな人には尽くしたいでしょ」

「え？」

俺が聞き返した途端、涼音の顔が真っ赤に染まり口元を手で押さえた。

それと同時に、彼女からの心の声が溢れてくる。

（……自爆ったぁ。まだ自分の気持ちをしっかりと伝えたわけじゃないのに……焦りすぎでしょ、私。けど、恋の駆け引きとか分からないし、あーもうっ。これだったら、もっとさくらにノウハウを学んでおくべきだった。どうしよう……これで距離を置かれたら……）

心からは後悔の念と焦りが次々と伝わってくる。

向けられた好意に対しての嬉しさと、同時に迷いが湧き上がってきた。

……ここでマズいのは、変に気まずくなることだ。

それは、涼音も望んでいないだろう。

だから、今の俺にできるのはただひとつ。


「……えっと。今、何か言った？」


鈍感主人公のように、聞こえなかったと装うことしか出来ない。

それで、流してくれれば何も問題ない。

そう思って俺は涼音に視線を向ける。

彼女は何故か不服そうにして、それから俺の頬を両手で引っ張ってきた。

「この距離で聞こえなかったは無理があるからっ！　流されたら逆に辛いって!!」

「いふぁいって（痛いって）」

「あーもうっ！　私は馬鹿だなーっ」

涼音はそう言って、自分の顔を両手で二回ほど叩いた。

ぺちぺちと音が鳴り、ふぅと息を吐いた彼女は何か吹っ切れた表情をする。

「距離感とか考える必要なんてなかったね。そもそも、少なくとも私たちの間に遠慮なんていらないと思ってるし。中学時代に見た律の根本を忘れてた。引いたらダメって」

涼音は俺の肩を摑(つか)んで、目を真(ま)っ直(す)ぐに見てくる。

顔を逸(そ)らそうとすると、今度は顔を挟んできて逃げられないようにした。

「嫌なら全力で拒否してよ。それを私は全力で無視してあげるから」

「……それ最早(もはや)、意味なくないか？」

「流石(さすが)、理解が早い。離れようとしても離れられない。女の執念をなめるなーって感じ」

涼音はベーっと舌を出して、挑戦的な目を向けてくる。

「律の考えがどうしてそうなったか、私には分からないけど。何でも思った通りに行くとは思わないでね。少なくとも、私は期待を裏切るから」

何をしても無駄と言いたげな自信に満ちた表情。

（距離を置こうとしたら意地でも捕まえる!!）

心の声もこの時ばかりは、ハッキリと聞こえてきた。

「強いなぁ」

「あはは！　まぁね。ってことで、時間までは肩を借りるから。よろしくー」

涼音はそう言って、俺の肩に頭を乗せる。

チラリと横目で見れば、彼女とは目が合いクスッと笑われてしまう。

ほんと……手玉にとられた気分だよ。

けど、そんな彼女の強引さのお陰で抱えていたモヤモヤが晴れた気がした。

◇◇◇

放課後。

俺と瑠璃菜(るりな)は、一緒に勉強をしていた。

本当は三人でやるつもりだったが、涼音は用事ができてしまい先に帰っている。

だから残された俺と瑠璃菜は二人で黙々とペンを走らせていた。

特に雑談とかをしないから、勉強で出る音以外は全くしない。

心の声も『この問題は……』と悩む声ぐらいだ。

まぁそんな声は俺しか聞こえないわけで、傍(はた)から見れば集中しやすい環境に思えるだろう。

しかし、何故だか俺にとっては勉強がしにくい状況となっていた。

俺はペンを止めて、瑠璃菜に話しかける。

「なぁ瑠璃菜」

【何？（不思議そうな顔してる？）】

「二人で並ばなくてもよくない？」

俺がそう言うと、瑠璃菜は首を傾げて周りをきょろきょろと見始める。

それから、【迷惑をかけてないよ】と書いて見せてきた。

確かに、周りに迷惑をかけてはないけど……。

何故か今日の瑠璃菜は、俺の正面ではなく隣に座っている。

たまに肘が当たるし、勉強がしにくいと思うけど……本人はこれがいいらしい。

俺が座り直しても、すぐ隣に来るんだよなぁ。

……相変わらず友達としての距離感がバグってるよ。

まぁでも……今に始まったことではないか。

「そういえば最近、だいぶクラスの人たちとやりとり出来るようになったね」

【律のお陰】

「いやいや。キッカケはどうであれ、頑張ったのは自分だろー」

【律のお陰（……何事もキッカケが大事）】

「謙遜するなって、アドバイスをしても活かせるかどうかは本人次第だよ。結局は、動いた人が偉い」

【律（私、ひとりじゃできなかった）】

「だから、瑠璃菜だって」

二人して無言になる。

なんだ、この譲り合いは……。

「まぁともかく頑張ってる成果が出て良かったな」

【千里の道も一歩から（まだまだこれから……。やることはたくさんある）】

「適度に休めよー」

【律も同じ（人のこと言えないよ？）】

「まぁ、それもそうだが。体力は俺の方があるだろ？」

【今はね（どや～っ……なんちゃって）】

「俺の前では、表情が豊かになったなぁ」

努力して出来るようになった得意げな表情には、どこか可愛らしさがあった。

最初は無表情かつ鋭い目つきだっただけに、この変化には嬉しい気持ちになる。

……後は他所でも出来るようになれば完璧だな。

「さて、勉強の続きをしようか」

俺は勉強に集中しようとペンを持ちノートを開く。

いざ始めようとしたら、急に瑠璃菜が俺の肩に頭を乗せて、それから胸の方に移動してきた。

「えっと……瑠璃菜？」

【密着することが大事（雛森さんがそれで分かるって……脈に異常は……なし。それに――）】

「え、もしかして俺は健康状態のチェックをされてる……？」

戸惑う俺に対して、瑠璃菜はいつも通りの表情で気にした様子はない。

ただ、あれこれ考えて行動をしているのだろう。

かなり早口で声が聞こえてきて、上手く聞き取れなかった。

雛森は声が大きいから聞き取りやすいけど、今日の瑠璃菜は小さい声で更に早口だから聞こえにくい。

何か気持ちが溢れるような感じだと、ハッキリ聞こえるんだが……。

俺はチラリと瑠璃菜を見る。

すると、何故か彼女は自分の手首を押さえていた。

（……私は九十？　律は私より多くて速いかも？）

「な、なぁ、健康チェックなら俺には必要ないよ。最近は気をつけてるし……」

（……私に変化は……ないのかな？　もっと、くっつけば変わる？）

「おーい……聞いてるかー？」

【静かに】

「あ、はい……」

（うん……こうして律の音を聞いてると落ち着く気がする）

瑠璃菜は俺の胸に顔を当てて、目を閉じている。

どう見てもいちゃつくカップルにしか見えない距離だが、彼女の声を聞いてもただ俺の鼓動を聞いているだけのようだ。

その意図は分からない。

ただ、前に疲れて寝たこともあったから、彼女なりに健康に気を遣っているのかもしれない。

まぁどちらにせよ……。

心臓の音を聞かれてるってかなり恥ずかしいんだが……。

ここまで近づかれて緊張しないわけがないし、落ち着こうにも彼女の温かさと柔らかさ

が俺の心を揺さぶってくる。

なんとか落ち着こうと、俺はもう一度瑠璃菜に話しかけた。

「とりあえず瑠璃菜。流石に理由を教えてくれないか……？」

俺の問いに瑠璃菜は悩んだ素振りを見せてから、タブレットの画面を見せてきた。

【確かめたいから（……雛森さんが教えてくれた。まだ、分からないけど……）】

「確かめたい……ね」

……雛森が教えてくれた？

そう聞くと不安になるけど。

何かを相談した結果ということなんだろう。

『最近、律が元気ないからどうすればいい？』みたいな感じか？

だったら、脈を計ろうとしているのも納得だけど。

でも、とりあえずはここまでくっつかれると、俺の心臓がもたない。

「そろそろ離れない？」

【やっ！（……このままがいい）】

「めっちゃ拒否してるなぁ。そんなしがみつかなくても」

俺がそう言ってため息をつくと、瑠璃菜は顔を上げてじっと見てくる。

（……最近、涼音と仲がいい。それは嬉しいけど……私もって思うのは我儘かな？）

不意に聞こえてきた瑠璃菜の心の声。

そんな寂しそうな呟きに加え、上目遣いで見られたら。

「……仕方ない。気が済むまで、このままでいいよ」

断ることなんてできなかった。

俺の言葉に瑠璃菜は嬉しそうに笑い、【ありがとう】とタブレットを見せてきた。

なんとも窮屈な体勢だけど、彼女はなんだか上機嫌だ。

……距離感はどうにかならないのか。

俺は苦笑して、やりづらいながらも勉強を進めることにした。

――瑠璃菜がくっついてから、三十分ほど経った頃。

彼女は何度か目を擦り、手で何度もグーパーと繰り返す。

それから、可愛らしい欠伸をした。

「眠いのか？」

【問題ない（……せっかく律と一緒なのに、眠くなってきちゃったなんて）】

「いやいや、どう見ても問題しかないと思うけど？　それにかなり頑張ってるから、疲れても仕方ない」

【律も一緒（……私の方が体力ないなぁ）】

「まぁな。ただ俺の場合は慣れているってこともあるから、今はまだ大丈夫だよ」

【本当に？（……でも、律は無理するから心配。だから、私も起きていないとダメだけど……）】

「まぁあったかくなると人は眠くなるからさ。眠気を覚ましたいなら、立ち上がって伸びをするのがいいかもな」

（……やだ。眠くてもこのままがいい）

「めっちゃ力強く首を振ってるな……」

瑠璃菜はそう強がっているが、どう見ても限界なのは明らかだった。

だが、さっきみたいに提案しても動く気は全くないらしく、それどころか余計に体を寄せてくる始末だ。

彼女から伝わる熱は、俺の心を揺さぶり鼓動を速くさせる。

心を許しているからこその距離感なんだろうけど、日に日に近くなってくるから心配なんだよな……。

「寝てもいいよ」

【や（……寝たくない）】

「字を書くのもしんどそうじゃないか……」

【も】

「一文字で問題ないことを伝えようとするな。俺じゃなかったら伝わらないからなぁ」

（……律だけって……嬉しい）

そんなやりとりを続けていると、彼女は船を漕ぎ始め、とけるように体を崩していって俺にピタリとくっつく。

痩せているくせに意外に整った体からくる柔らかさに、胸が高鳴るのを感じた。

【少し（……ちょっと横になってから……）】

「おい、待て。それは死亡フラグだ」

【少し（……胸を借りる。律は私より大きいからちょうど良さそう……胸の音も心地よくて……）】

それ、解決になってなくない!?

と、心の中で叫ぶが瑠璃菜はもぞもぞと動き、俺の胸に寄りかかる体勢を整えている。

恋人が抱きしめ合うような、そんな姿勢だ。

「流石に、これは……。俺も男なんだが……」

（律なら……いい。大丈夫）

「いやいや……いいってそれは色々と問題があって」

すー、すーと可愛らしい寝息が聞こえてきた。

随分と寝つきがいいのか、一瞬の出来事で俺は何も抵抗できず呆然としている。

その前に反射的に、会話してしまった……。

タブレットを見ているわけでもないのに。

俺はチラリと瑠璃菜の顔を見る。

あどけない表情で、随分と気持ちが良さそうだ。

「ハハハ……俺と会うとどっちかが寝てばっかだよなぁ」

そんな事実に俺は思わず、笑ってしまった。

それだけ安心できる存在なのかもしれない。

お互いが油断しっぱなしだ。

俺は、ふぅと息を吐き天を仰ぐ。

……我慢するこっちの身にもなってくれ。

心の叫びは当然聞こえるわけもなく、瑠璃菜は熟睡中だ。

体に重みがかかり、そこに視線を落とすと甘い匂いが微かに香って鼻腔を刺激してくる。

相変わらず可愛らしい寝息をたて、時折動くのでやたらとくすぐったく、見る度にドキリとしてしまう。

マジで動かないでくれよ……。

なんとか落ち着かせようにも、胸の高鳴りは治りそうにない。

鼓動をずっと聞かれていたら、ドキドキする様子が丸わかりだったことだろう。

以前からも、瑠璃菜は距離が近かったが、ここまでぴったりとはくっついていなかった。

おまけに、体勢が絶妙で正直……気が気ではない。

意識してしまうと、瑠璃菜から感じる柔らかみや熱が俺の気持ちを揺さぶってきてしまう。

「どうしようかな……」

……現在の時刻は六時頃。

最終下校が八時だから、下手したら後二時間はこのままだ。

その前に姉に見つかれば、どやされること間違いないし、他の生徒に見られたら大問題である。

「やっぱり起こした方がいいよな。罪悪感はあるが……うん？」

瑠璃菜の顔を見ると、目に薄(うっす)らとクマがあった。

……こういう所が俺と同じなんだよな。

何かの目標があると、自分の体調は二の次に行動してしまうことが……。

けど、人間というのは絶対にどこかでガタが来てしまい、今回の瑠璃菜みたいに睡魔に抗(あらが)うほどの体力すら残らなくなることもある。

俺もそういう時があるから理解できる。

前はその時に初めて話したんだもんな……。

数か月っていうのはあっという間だ。

「……まぁ俺がこのままでいればいいか。雑念、退散っと」

俺は安らかな寝顔を見せている彼女を見て、そう呟いた。

あまりにも無防備な姿がさらされていて、ちょっと手を伸ばせば触れてしまいそうである。

だから、それを考えないために俺は無心でいることにした。

「ま、お疲れさん」

そう言ってタオルを瑠璃菜の体にかけてあげた。

瑠璃菜は起きた後、【今度、借りを返す！】と言って聞かなかったのは言うまでもないことである。

◇◆似た者同士◆◇

「それは、後でファイリングするので置いておいてください」

ある日の放課後。

いつものように先生の手伝いをし終わったところで、生徒会活動中の雛森を見つけ、そのままの流れで彼女の作業を手伝っている。

主にやっているのは、各部活、委員会から提出された報告書に目を通してまとめることだ。

ただ、その数は相当に多く、捌くのに結構時間がかかってしまっている。

本来だったら数人で取り掛かる必要があるのに、それを俺と雛森の二人っきりで行っていた。

「なぁ。他の生徒会の人たちは来ないのか？」

「来ませんよ。私だけです」

「そっか。いつも雛森がこういう地味目な作業をしてるよなぁ」

「そうですね。まぁ私がやった方が早いですし、こういうことは下っ端の役目ですから（何でも完璧にしてしまう私が素敵ですからね。嫌な顔をせずにこなすのも、中々にポイントが高めです！　進んで嫌なこともやる……そんな私はいい人間）」

　本当に計算高いよなぁ。

　相変わらずの賑(にぎ)やかな心だよ。

　まぁ、その計算を叶(かな)えるための努力は素直に称賛したいと思うけど……。

　俺は積み重ねられた紙を前に大きなため息をついた。

「鏑木(かぶらぎ)さん。ため息をつくと幸せが逃げていきますよー？」

「適度なため息はストレスを軽減することができるんだよ。まさか、雛森は知らなかった⁇」

「し、知ってますよっ‼（知らなかったぁ……）」

「ほー」

「あ、その目は信じてませんねっ！　この私が知らないわけないじゃないですか。さっきの反応は、鏑木さんに知識があるか試しただけですよ」

「へいへい」

「むぅ～（めっちゃバカにしてる目ですね……。ここは仕事をたくさんして、出来る女の子を演出……。それか、敢(あ)えて拗(す)ねるか甘えるのも……悩みますね。まぁひとまずは視線でジャブを打っておきますか)」

雛森は心の中でそう言うと、可愛らしく頬(ほお)を膨らませて俺を見つめてきた。

若干ではあるが上目遣いなのも狙っているのだろう。

ほんと、ただじゃ転ばないよなぁ。

信念がブレずに一貫しているのは、凄(すご)いと思うよ。

俺は雛森の視線をスルーして、自分の作業を進めてゆく。

紙の束を整理していくが、まだまだ終わりそうにない。

「雛森ー」

「なんでしょうか？」

「この量だし、流石に手伝ってもらった方が良かったんじゃないか？」

俺がそう言うと、雛森は「分かっていませんね～」と肩をすくめた。

「分かってない？」

「ええ。当たり前になったことを変えるのは難しいんですよ。やらなかったら、私のせいにされて、微妙な空気になるだけなのは、容易に想像できますし」

「……なるほどね。苦労してるんだなぁ」

「ですね〜。まぁでも、今日はわりかし楽しいですよ？」

「今日は俺っていう話し相手がいるからな」

「ふふっ、その通り！　お人好しさんが来てくれましたから、大助かりです〜」

俺の方を見て、計算し尽くされた魅力的な表情で微笑んできた。

やや頬を赤く染めて、まるで俺に気があるかのような……そんな顔で。

（……むっ。やはり、これは効きませんね。けど手強いからこそ燃えますっ!!）

もし、心の声が聞こえなかったら、今の表情で心を射抜かれていたことだろう。

……相変わらず賑やかだよ、まったく。

「それで鏑木さんは、どうして手伝いに来てくれたんですか？」

「たまたま通りかかっただけだよ」

「いやいや〜。流石にタイミングが良すぎですって」

「…………」

「沈黙は肯定ってことですね（ふっふっふ〜。私の目は誤魔化せませんよ！　鏑木さんの行動パターンは把握してますからねっ！）」

俺の反応を見て、雛森は勝ち誇ったような顔をした。

なるべく自然に通り過ぎたつもりだったんだけどなぁ。

それに気づかれていたと思うと、普通に恥ずかしい。

「まぁお礼的な感じだよ。……雛森、いつもありがとう」

「え、えっと……（どうして急にお礼を⁇　まさか……デレ期へ突入ですか⁉⁉　これは日頃の成果ってわけですね〜っ！）」

「…………」

「鏑木さん？　急に黙らないでくれませんか？（何故だか、痛い人を見るような目をしているような気がしますけど……気のせいですね！　私の照れた姿にときめいてる筈ですし）」

「ああ、悪い。ちょっと思うことがあって」

「そうなんですね？　悩みがありましたら、吐き出した方がいいですよ？（……この慈愛に満ちた感じが素敵……ふっふっふ）」

「あはは……」

絶好調だなぁ。

ほんと、表面的な反応を信じたらドツボにハマりそうだよ。

このままだと彼女の調子に流されそうだから、そうなる前にきちんと言わないとな。

俺は苦笑して、雛森を見た。

「ほら、この前から色々と気を回してくれただろ？　朝、涼音の様子を見に来たりとかさ」

「あー……そのことですか（うわぁ。気づかれてたんですね……）」

「だから、それについてお礼を言いたかったんだよ」

そう言うと、雛森は眉をひそめる。

なんだか気まずそうに苦笑いを浮かべた。

「釈然としない感じ？」

「いえ、何と言いますか。別に、褒められることではないですよ？　なので、お礼を言う必要なんてないんです」

「そうかな？　受け取った側が感謝を感じるなら、言うべきだと思うけど」

「ふふっ。真面目ですね。真面目すぎて神経質になってません⁉」

雛森は茶化すような口調で言う。

その様子に俺はため息をついた。

「鏑木さんは困っている人がいたら放っておけないお人好しですよね？」

「なんだよ、藪から棒に……」

「私の場合は違うんですってことを言いたかっただけですよー」

「違う？」

「もう知ってると思って話しますが、全て打算ですからね。自分の評価を守るための行動に過ぎません」

「そういうことね」

「はい。だから、それに気がついている鏑木さんは言う必要がないんですよ。『うわぁ。またポイント稼ぎしてんなぁ』ぐらいに思っておけばいいんです」

「……じゃあ、尚更ありがとうって言いたいかな」

　俺がそう言うと雛森は、呆れたような顔をした。

　それからじとーっとした目を向けてくる。

「人の話を聞いていました？」

「雛森の性格が変な方向に向いているのは理解してるけど。全てが全て、打算ではないんだろ？　少なくとも瑠璃菜や涼音を心配したり、こっそり様子を見に来るのは違うと思うぞ。この前の朝に外で会ったのも偶然ではないってことぐらい分かるって」

「………………」

「ま、褒められたことを素直に受け取るのに慣れていなくて、ちょーっとひねくれた態度とってるんだなって俺は思ってるよ。違った？」

「……鏑木さんはそういうところありますよねー（……なんでそこまでバレちゃうんでしょう……はぁぁ、恥ずかしい。って、せっかく一本取ったのに取り返された感じになってるじゃないですかっ!!）」

別にやり返すつもりはなかったんだけど……。

本当にお礼を言いたかっただけだしさ。

けど、めっちゃ悔しがってるなぁ。

「……これで五分五分ですね。まだ負けていませんけど」

「いや、なんの勝負だよ」

「私の意地とプライドを賭けた勝負です」

「へいへい」

「反応が雑すぎません!?」

雛森はそう言って、不満そうに俺を見る。

俺はそんな彼女の視線を無視しながら作業を続けた。

（……無視とは中々に酷（ひど）いですね。私が見ているのに！）

それでも雛森は『こっちを向け!?』と心の中で念じているので、諦めて彼女の方に視線を移すことにした。

「やっとこちらを向いてくれましたね」

「子供みたいに何か話したそうにしていたからなぁ」

「むっ。まぁいいです……。そういえば私は鏑木さんに言いたいことがあったんですよ」

「言いたいこと？」

「そうです！　なんと言いますか、鏑木さんはもう少しご自身の行動を考えた方がいいと思うんですよ」

「行動って、そんなに問題があるようには思えないけど」

「心当たりないのは重症ですねー。付き合い方とかフラグ建築とか、このままだといずれは夜道で刺されますよ？」

「怖いこと言うなよ……」

「本当のことですよー。だって、女の子はヒーローや王子様的な存在に弱いんですから、熱狂的になったら怖すぎます」

「なるほどなぁ」

「いい加減、良い人はやめた方がいいと思いますよ」

「俺はそのつもりはないよ。そもそも良い人なんて、見る人によって変わる曖昧な評価だろ？　俺がやってることなんて所詮は、独善的で自己満足なだけだよ」

雛森は「えー……」と、若干ではあるが引いたような顔をした。

しらーっと何か言いたげな目で見てきて、かなり呆れている様子である。

「はぁぁ……鏑木さんって意外とひねくれてますよね？」

「いやいや雛森には負けるよ」

「それ、どういう意味ですか？」

「良かったな。初めての勝利じゃないか」

「全然嬉しくないですからねー」

「ははっ。まぁでも、雛森の忠告はありがたく受け取っておくよ」

「そうですか？　それなら良かったですが……」

「受け取ったからと言って、改めるとも限らないけど」

「えー……」

雛森は何が不満なのか、呆れたとも困ったともとれない顔をする。

それから俺へ文句を言いたいのか、何度か胸を突いてきた。

話をちゃんと聞いて欲しい子供みたいなアピールに、つい笑ってしまうと雛森はムッとしてしまう。

「怒るなって」

「……怒ってませんけど？」

「それ、怒ってる人の態度だから……。じゃあ逆に聞くけど、雛森は今の自分の生き方を簡単に変えられるか？」

「うーん。そうですねー………そう言われますと想像がつかないかもしれません」

「俺も同じだよ。だから簡単には変えられないし、性質だから仕方ない」

心の声は主張の声。

助けて欲しいと心で叫べば、大きな声となって俺は拾ってしまうことが多い。

たくさんの心の声が溢(あふ)れる中、そんな大きな音はハッキリと聞こえてきてしまう。

そうなると無視はできなくて、結果いつもみたいになるわけだ。

俺は、自分の平穏のためにやっているにすぎない。

態度を見て諦めたのか、雛森は「まぁ仕方ないですねー」と言い嘆息する。

何か言いたげな視線は相変わらず向けてくるので、俺は苦笑いするしかなかった。

「とりあえず忠告はしましたからね。もしインタビューを受けたら『いつかそうなると思ってたんですよー』って証言しますから」

「そうならないように気をつけるよ」

「そうしてください」

雛森は紙の束を机でトントンとまとめて、俺の前に置いた。

「それにしてもさ。雛森は、俺の前で猫をかぶることをしないんだな」

「うーん。まぁ路線変更といったところでしょうか。鏑木さんに対してだけですけど（もちろん、〝あなただけは特別よ作戦〟は継続中ですよ！）」

「そういう点では、本当にブレないなぁ」

「当たり前です。急に私がこんな感じになっていたら周囲は困惑しますからねー。純真（じゅんしん）無垢（むく）、純情可憐（じゅんじょうかれん）、天使で女神な私のイメージを壊すわけにはいきませんよ」

「気を遣ってるんだな」

「それはそうですよ。寧ろ（むし）気を遣わない人なんています？」

「いるんじゃないか？　何をしても受け入れられるようなタイプ」

「またまた～。そんなのただ気がついてないだけじゃないですかー。それぐらい鏑木さんも知ってるはずです」

俺が黙ると、雛森はくすりと笑う。

「だって、どんなに好感を持たれていて周囲からの評価が高くても、よく思わない人は少なからずいますよ。人はどうしようもなく嫉妬しますしね」

雛森はそう言ってから、窓を見てふぅと息を吐く。

彼女の態度は嫌というほど経験してきたと言っているように思えた。

その微笑を浮かべた顔は、どこか心を打たれるような、悲しげなものである。

「だから、自分で出来ることはそういうマイナスな意見を圧倒的少数派にすることだけです」

「色々大変なんだな……。雛森のことをちょっとは見直し——」

「まぁもちろん。行動の結果、賛美を受けるのは気持ちがいいので。私を褒め称える人が増えるのは最高ですよ！　なので出来る限り、私のファンを増やしてみせます！（みんなに綺麗と言われて羨望の眼差しを向けられるのは悦なことですからね〜ぐへへ）」

「おい、俺の一瞬の同情を返せ」

普通に心の中が欲にまみれた悪役だよ、ったく。

てか、心の声の大半を口に出してるじゃないか。

「話は逸れましたが……。とりあえず、色々な人に優しくしすぎないで、『彼女さんは第一に考える！』ってことを優先してください。いいですか⁉（何かあってからでは遅いんですから……心配なんですよ）」

少し怒ったような感情の中には、俺に対して心配が混じっていた。

それは彼女の優しさで、放っておけないという俺と似た部分があるんだろう。

「りょーかい。心配してくれてありがと。よく見てくれてるから助かるよ」

俺はそう素直にお礼を言って、彼女に笑いかけた。

すると何故か、彼女は不機嫌そうに顔を膨らませる。

それから、俺に人差し指をビシッと向けてきた。

「こんな感じで好感度を上げようとしたって、簡単には落ちませんからっ！」

「いや、そういうつもりはないんだけど。その反応は、流石にちょろいとか言われるぞ？」

「なんですかそれ！　と、とにかく私は鏑木ハーレムのメンバーには絶対になりません！

それは絶対にです」

「鏑木ハーレムってお前なぁ……」

「そう簡単に私を知ろうだなんて思わないことですねっ！　乙女の心は海よりも深く複雑なんですから、鏑木さんはまだまだ甘いですっ!!」

「お、おい。書類を置いてどこ行くんだよ」

「ちょっと散歩です！　天気がいいですからね」

「いや、もう陽が落ちてるじゃん……」

「街灯の観察ですっ!!」

雛森はそう謎の反論をして、教室を出て行ってしまった。

ひとり残され、俺は作業を進めてゆく。
彼女の賑(にぎ)やかさに俺は、元気をもらえた気がした。

第三章　恋とお泊まりのGW

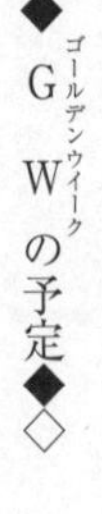

◇◆GW（ゴールデンウイーク）の予定◆◇

「なぁ律（りつ）～。そろそろ地獄が待ってるんだが……助けてくれよ～」

昼休み。俺が机に弁当を広げて準備をしていると、川口（かわぐち）が情けない声を出しながら駆け寄ってきた。

机にしがみつき、うるうるとした目を向けてくる。

大きい筋肉質な男がそれをやると、可愛（かわい）さのカケラも感じないのは実に残念なことだ。

そんな川口を後からゆっくり来た神林（かんばやし）が引き剝がして、「お弁当が落ちてしまうよ」と窘（たしな）めた。

「助けるってなんか困ったことがあるのか？」

「律えもんなら、なんとかしてくれるんだろ？　山での合宿とか死んじまうって！」

「なぁ神林。土葬か火葬、どっちがいいと思う？」

「うーん。悩みどころだね。あ、けどその前にお葬式は制服でいいと思うかい？」

「いいんじゃないか？」

「お前ら死ぬ前提で話さないでくんない⁉⁉」

そう言って川口は神林の肩を摑み、力強く揺らす。

頭が前後に動き、「気持ち悪くなるー」と神林はふざけた口調で言った。

「それで、何がそんなに辛いんだ？」

「これからゴールデンウィークじゃん？　世間一般は休みなのに、俺は地獄の合宿だぜ⁉　五日間……朝から晩まで、飯の度に山道を走って戻るなんて……間違いなく死人が出るだろ……」

「へー。ちなみに神林は休日は何する？」

「僕は合宿の手伝いをするんだよ。ちょっと頼まれちゃってね」

「そうなのか。大変だな」

「全くだよ。けど、子守も必要だからね。ここは甘んじて受けようと思う」

「子守ね〜」

「二人とも俺に興味なくなるのが早すぎんだろっ‼」

今度は俺が摑まれて、揺らされた。

その様子をクラスメイトもくすくすと笑って見ている。

まぁいつものちょっとしたやりとりだから、『またやってるよ』ぐらいの感じだ。

そんな会話を続けていると、

「ちょっと〜！　子供って聞こえたけど、なんか胡桃の話をしてなーい⁇」

近くにいた松井がこちらを向き、ぷくっと頰を膨らませて話しかけてきた。

「今度の休み何をするって話してたんだよ」

「なるへそ〜その話ねぇ」

「ちなみに松井は何をするんだ？」

「ふっふっふー。今度のお休みは助っ人を頼まれたからお手伝いしにいくよっ！　なんでも胡桃が応援すれば勝てるんだってぇ〜」

「幸運の招き猫的な感じだね」

「うんっ！　にゃお〜んっと、みんなを元気にしちゃう！」

松井は、にししと笑いながら猫のような仕草をしてウインクをした。

全身で猫真似をするから、スカートが微妙なラインまで上がっている。

そんな動きは、あざといながらも元気な彼女がやっているからか嫌味を全く感じなかった。

まぁ、そんな松井だから応援に呼ばれるんだろうなぁ。

見ているだけで緊張とか和らぎそうだしね。

ただ……めっちゃガン見されてるな。

視線を集めてしまうような行動しているから仕方ないが……。

「何、猫みたいな真似してんのー。ほら、みんな見てるから恥ずかしいよ」

俺と同じことを思ったのだろう。

涼音が瑠璃菜と一緒にやってきて、松井のスカートを押さえるようにした。

「えぇーっ！　いいじゃんきりねぇ～」

「やるのは構わないけど、多少は気にしたらと思うけど？　それにズボンじゃないんだから」

「むぅ。猫ちゃん可愛いのにぃ」

「可愛くてもダメ」

「あ、そうだ！　だったら、きりねぇもやってみたら可愛さが分かるよん」

目を輝かせて、「一緒にやろうよ～」と涼音を誘う。

涼音は頰を赤らめて、ぷいっとそっぽを向いた。

「やらないって……」

「そんなぁ……。猫さんポーズやって欲しかったのにー」

「需要ないでしょ、そんなの」

「あるよっ！　ね、みんな⁉」

松井は他のクラスメイトを見渡して同意を求めた。

（めっちゃ見たいわー）

（クールな霧崎が猫とか、マジでツボなんだけど！）

みたいな声で溢れているが、男たちは聞いていないフリをしていた。

まぁ、涼音がめっちゃ不機嫌そうだし……怖くて普通に言えないよな。

「とにかく……私はそういうことはやらない」

「ケチ〜ッ‼」

松井は駄々をこねる子供みたいに、涼音をポカポカと叩く。

普通は折れそうだけど、絶対にやるつもりはないようだ。

そんな二人のやりとりを見ていた瑠璃菜は、

【私がやる（……悲しそう。それなら私がやろうかな）】

そう書いて、俺たちに見せてきた。

そしてすぐに、松井の真似をして、無表情ながらも手で招き猫のようなポーズをしてみせる。

何も喋らずに可愛らしく小首を傾げる姿が、本当に猫っぽく見えた。

(来栖さんの猫アリだな……)

(喋らないのが逆にいい!!)

……ウチのクラスメイトは欲望に素直だなぁ。

無駄に盛り上がってるし……。

まぁ確かに可愛いとは……思ったが。

俺がそう思っていると、隣に来た涼音が小声で話しかけてきた。

「ねー律」

「うん？」

「律はああいう仕草って好きなの？」

「嫌いじゃないよ。てか、嫌いな人の方が少ないんじゃないか？」

「ふーん」

「聞いといて興味なさそうだな」

「そんなことないよ。めっちゃ興味あるー」

「語尾にやる気が感じられないぞー」

「そお？　まぁでも、律的にアリってことが分かって良かった」

涼音は、ニヤリと意味深な笑みを浮かべた。

「じゃあそろそろ、瑠璃菜と一緒に移動教室の準備してこようかな」

「準備なら俺も行こうか？」

「三人で行くことでもないから大丈夫。それよりも、あそこで猫さんを回収しないとね。ほら、瑠璃菜行くよー」

涼音に話しかけられた瑠璃菜はこくりと頷いた。

そして、俺と涼音のところに来ると、さっきまでやっていた猫のポーズをとって俺を見つめてきた。

（……猫さんポーズ、似合うかな？　にゃあ……）

さっきの無表情とは違って、少し柔らかい表情を向けてくる。

俺がパチパチと手を叩くと、嬉しそうにはにかんだ。

「じゃあ、また後で」

涼音はそう言って、瑠璃菜と一緒に教室を出て行った。

二人が去ったことで、クラスはいつものようなガヤガヤした雰囲気に戻り、さっきまでの妙な盛り上がりは霧散したようだ。

「そうだ。なんか話が逸れてしまったけど、律はこの大型連休はどうするんだい？」

「俺は適度に遊びつつかな。せっかくの休みだしね」

「デートかな？」

「そうだね。ただ、どこも人が多いだろうから、気が滅入るけどなぁ」

「それは仕方ないよ。けど、こういう時だからこそ、カップルの絆が試されるんじゃないかな？」

「ああ確かに。そこらへんは抜かりないよ」

「ん〜っ？　俺にはよく分からねぇけど、例えばどういうことに気をつけるんだ⁉」

「待ち時間にイライラした態度を出さないとか、店員に横柄な態度をとらないとか、スマホは絶対に見ないとか、会話を途切れさせないとか……まぁ色々かな？」

「そんなにあるのか……？」

「ははっ。これは基本だぞー。どこから幻滅されるか分からないからな」

「マジかよ。勉強になったわ〜。さんきゅー」

川口は感心したように頷いた。

まぁちなみに今の話は、俺が聞いたことのある『デート時の冷めた瞬間』というのを羅列しただけで、経験したことのないことだ。

そもそも、そういう場所には行くことがない。

行楽地のような人が集まるところは、行くだけで頭が痛くなるからな……。

人の声に混じって、心の声もたくさん聞こえてくるしね。

（……ふぅ。やっと生徒会の仕事が終わりましたよー……。興味をそそるような話には参戦しないといけませんねっ！　レッツ情報収集です！）

いつものような企み声が聞こえてきて、声がする方を向くとちょうど雛森がこちらに向かってきているところだった。

目が合うと天使のような微笑みを浮かべて、小首を傾げる。

今日も絶好調のようだった。

「ふふっ。みなさん楽しそうに話してますね。もしかして恋バナですか？」

「いや、どうしてそうなるんだよ」

「男女数人で語り合う……いかにも青春っぽくて最高です」

「はいはい。とりあえず恋バナはしないけどな。その前に雛森は好きだねー恋バナ」

「それはもちろん。女の子は恋愛ものが大好きですからね〜。きゅんきゅんする話とかは聞いてて癒されますよ〜」

「興味がなさそうですね（相変わらず反応が薄いですね！　いいですよ、無理矢理にでもこちらの土俵に乗せますからっ！）」

「そっすか」

クラスメイトが大勢いるからか、雛森の反応はいつもより控えめだ。

あくまで清楚っぽく振舞っている。

「いいですか鏑木さん。あなたも他人事ではないですよ？」

「うん？」

「この時期は人間関係が特に動く時なんですからね。名付けてゴールデンウィークマジックです」

雛森が自信満々に言うが、俺を含めて四人とも分かっていないようだ。

首を傾げて、互いに顔を見合わせている。

「なにそれ？」

「ふふっ。新しいクラスに環境。そして、高校二年生ともなると見た目も変わってゆきます。大人へと近づいていく成長過程……心は子供なのに、気持ちは大人の仲間入り。そんな不安定な時期は、カップルラッシュが起きるんです」

「そうなのぉ？　胡桃にはよくわかんないけどー」

「ふふっ。例えば見てください。これが今月に誕生したカップルの数です。あ、ちなみに私調べなので数に誤差はあるかもしれませんが（……彼女がいる人には気をつけないとですからね。『彼氏を奪った女！』みたいなレッテルを貼られたら面倒なことになりますし）」

「ひなっちすご～い！　こんなことも知ってるんだぁ」

「生徒会ですからね」

「生徒会ってすごいねぇ！　出来る人の集団だぁ」

「ふふっ。それほどでもありますよ」

……謙遜しないのかい。

まぁいつも自信たっぷりだもんな。

「それでぇ、ひなっちはゴールデンウィークは何するのぉ？」

「私は家の手伝いですよ。この時期は忙しくなりますから」

「えぇ～っ⁉　じゃあ休めないじゃーん」

「いつものことですから大丈夫ですよ。それに毎日ではないので、少しは遊ぶ時間があるんですよ。なんと言っても、私のゴールデンウィークの過ごし方には定評がありますからね（まぁ……本当はほとんど遊びに行ったことはないんですけどね。今回は一日だけ手伝

いはなくなりましたが、その代わりに苦手な数学の勉強をやらされることになってますし
……はぁぁ)」

心の声がすごい悲しい……。

めっちゃ笑顔なのに、悲愴感漂いまくってるじゃないか。

まぁ世間的には楽しい休みなのに、自分ができないのは辛いよな。

これは聞いちゃいけないやつだったな……。

「あっ!」

「どうしたんですか?」

「ひなっちー。胡桃、合宿のことで集まりがあるの忘れてたぁぁ……」

「あらら……じゃあ早く行かないとですね」

「うぅ怒られちゃうよぉ……。かんちゃんもぐっさんも行こー」

「ぐっさんは分かるけど……僕も?」

「胡桃をひとりで行かせるの? 役に立たないよぉ? 怒られるの辛いよ⁇」

「そんな胸を張って言わなくても……はぁ、仕方ないね。僕も行くとするよ」

「ん、しゃーねーな」

松井は二人を引き連れて教室を出て行った。

まぁあんな風に潤んだ瞳でお願いされたら断れないだろうな。

「行ってしまいましたね」

「そうだな。じゃあ残りのご飯を食べて、次の授業に備えるかな」

「次は数学ですねー」

「楽しみだな」

「地獄の間違いでは？」

うわぁ。すげぇ冷たい目……。

親の仇（かたき）を見るような目をしてるじゃん。

ほんと、雛森は数学が苦手だよなぁ。

俺は苦笑して、肩をすくめる。

「そう言うなよ。苦手でも諦めずにやっていけば克服できるから」

「満点とれます？」

「半分はとれるようになるんじゃないか？」

「それじゃあ微妙じゃないですかー」

「いつも赤点付近なんだからマシだろ？　まぁ必要だったら教えるよ」

「え、教えてくれるんですか？　ありがとうございますっ」

「別にいいよ。空いてる時だったら」

「なるほど……（それなら休み中に勉強を口実に外に出ることが出来ますね……。鏑木さんの家にお邪魔してウィークポイントを探しまくるのもありかもしれません。ふっふっふ……これは悪魔的な作戦ですよ）」

「……やるなら学校だからな」

雛森はきょとんとして、それから自分の考えが見透かされたことに気がつき顔を赤くした。

「べ、別に……家に行こうなんて思ってないんですけど？」

「ごめんごめん。てっきりそう思ったんだよ。まさか男の家に行くわけないもんな」

「あ、え……鏑木さんはほんと意地悪です」

べーっと舌を出して不満を訴えると、自分の席に戻っていく。

そんな彼女を横目で見ると、スマホをカバンから出していじり始めた。

少しして、俺のスマホが振動して雛森からメッセージが届く。

『絶対に勉強は見てもらいますからね！』

と、時間をかけた割にはシンプルな内容だった。

……まぁ言ったからには守らないとな。

俺は『了解。予定空けとくよ』と返す。

ちらりと雛森を見ると、スマホを見てなんだか嬉しそうな顔をしていた。

（人生で初……ゴールデンウィークに家以外の予定が出来ました〜！　さくら大勝利ですっ!!　楽しみですね〜）

叫ぶぐらいの大きな心の声。

そんな喜ばなくてもと、少し恥ずかしい気持ちになるけれど。

無邪気に喜ぶ彼女を見ていると、自然と顔が綻んだのだった。

◇◆雛森の相談会◆◇

――リア充爆発してください。

私はＧＷ（ゴールデンウィーク）が嫌いです。

特にリア充と呼ばれる類を見るのは、もっと嫌いです。

そんな人たちは明日からの休みではしゃぎまくりますからね……はぁぁ。

例えば、恋人がいる人はデートとかするでしょうし、お金がある大学生、社会人となれば旅行をするかもしれません。

別に恋人がいなくても、友達と遊びに行くこともできます。

家族と美味しいものを食べに行くという選択肢もありかもしれないですね。

……他にも部活、クラブチーム、ピアノなど例を挙げればキリがありません。

GWには、多種多様な過ごし方がありますから。

だからこそ、さっきのクラスメイトみたいに長期休みへ期待し、心を躍らすことになるんでしょう。

けど、残念ながら私は違います。

寧ろ長期休みは苦手です。

特に夏休みなんて、最悪な期間でしかありません。

え ー 分かってます。

私は見ようによっては恵まれていることでしょう。

将来はある意味固定されているので、見えない不安なんてものはありませんし、家も大変安定していますから……。

ただ、どうしても……周りを見ていると羨ましくなってしまいます。

だから私は、旅行雑誌を見たり、オススメの観光スポットをチェックしたり、理想のデートなんてものも考えたりします。

妄想は自由ですからね……まぁ、悲しくはなりますが……。

結局は、嫌いというよりは羨ましくて嫉妬しているだけなんですけど……。

はぁ。性格ブスですね、ほんと……。

私は、制服に着替えながら大きなため息をつきました。

「どうしたのー？　なんか元気ないけど、体育がそんなに疲れた？」

「い、いえ。体育は全く疲れてないですよ」

【無理はダメ】

「本当に大丈夫です。って、なんで保冷バッグを⁉」

【ハチミツレモンを用意してる】

「あー疲労回復に良いって言いますもんね～」

【良かったら】

来栖さんから促されるまま、私と涼音ちゃんはハチミツレモンをいただきました。

……準備がいいですね。

しかも、他にも何か用意しているようですし……。

まさか鏑木さんのためだったりして……？

まぁ流石にないですね。

私は適度な甘みと酸味を堪能して、食べ終わると来栖さんの方を向きました。

「美味しかったです。ありがとうございました」

「ありがと、瑠璃菜」

【いえいえ】

来栖さんは、ぎこちない笑みを浮かべてペコリと頭を下げました。

まだ笑うのが苦手みたいですけど、前よりも表情が柔らかくなった気がしますね。

表情からは読みにくいことが多いですが、なんだか嬉しそうに動いてますし。

もしかして、私たちが食べたことが嬉しかったのでしょうか⁇

うーん……分かりませんね。

鏑木さんは、いつも来栖さんのことを完璧に理解しているようですけど……。

そう思うと、私の人間観察力はまだまだですねー……うん？

私がそんなことを考えていると、微かに肩を触られた気がしました。

振り向くと来栖さんが、遠慮気味に手を伸ばしていて、目が合うとびくっと驚いてしまったみたいです。

「えーっと、どうかしました？」

【少し相談したい】

「もちろんいいですよ。何か困ったことでもありましたか？」

【雛森さんのオススメを聞きたい】

「オススメですか？　ああ、もしかしてゴールデンウィークでしょうか⁇」

私がそう言うと、来栖さんは勢いよく頷（うなず）きました。

どうやら正解だったようです。

それなら私にできることは決まってますね。

「ふっふっふ。そういうことでしたら、大船に乗ったつもりで任せてください！　ＧＷＭの私に抜かりはありません」

私は腰に手を当て、もう片方の手で胸をトンと叩（たた）いてみせました。

フフフ……個人的には中々に決まったと思います。

流石は私。

「……うん？　じーだぶりゅーえむ？」

「涼音ちゃんは知らないんですか？　ゴールデンウィークマスターの略ですよ〜」

「『常識でしょ』みたいな感じで言わないでよ。そんなの全く知らないからね」

「ふふっ。私の中では常識です」

「つまりは非常識ってことね」

「むむっ。何か言いました？」

「別にー」

全部聞こえてますからねっ！

まぁからかわれただけなので、この程度で目くじらを立てる必要はありません。

私の心は海よりも広いのですからっ！

「さ、さぁ涼音ちゃん？　私から色々と話しますね？」

「すっごく我慢してるような態度をしてるけど……大丈夫？」

「問題はありません。私の気持ちは活火山並みに落ち着いています」

「それ落ち着いてるって言えるの？」

私は深呼吸して、心を落ち着かせます。

それからいつも通りの穏和な表情で、二人を見ました。

何故（なぜ）か……来栖さんが拍手してますね。

「とりあえずアドバイスは私に任せてください。遊びのプロですからね」

「そうは言うけど、さくらってほとんど家の手伝いでしょー？」

「まぁそうですね。ほぼ家の手伝いで全くと言っていいほど、遊んだことがありません！」

「胸張って言うこと？　まぁでも、お疲れ様」

「ありがとうございます。でも、遊んでいないお陰で想像力は確かですから、プランだけはご提供出来ますよ～」

「え、あ……うん。なんか、ごめんね」

「……憐れむように見られると、本当に悲しくなるんですけど？」

【元気出して】

「来栖さんは頭を撫でないでください～っ！」

涼音ちゃんと苦笑いをして、来栖さんは何故か頭を優しく撫でてきます。

まるで子供をあやすような態度で接してくるので、私は不服を訴えるように見つめました。

それから軽く咳払いをしました。

「さて、気を取り直して話していきます。まずは話すにしても、自分の希望を言って欲しいですね。来栖さんは考える時間が欲しいでしょうから、まずはお手本で涼音ちゃんからどうぞ」

「え、私？」

「色々な過ごし方がありますけど、涼音ちゃんはどういうことをしたいとか、条件とかありますか？　私の脳内検索エンジンで導き出して差し上げます」

知識だけはありますからね。

二人からの要望に応えてみせましょう。

完璧に対応すれば『すごい！　流石!!』となる筈です。

「じゃあせっかくだから聞こうかな……」

「是非是非～」

「んっ……えっと。例えばだけど、一緒に過ごすとかは……？」

「めっちゃアバウトですね」

「いいでしょ、別に……。私だってわかんないんだから」

涼音ちゃんは恥ずかしそうにして、顔を背けてしまいました。

……反応が可愛いですね。

ここは、後押しするべきでしょうか？

おそらく鏑木さんとの過ごし方を模索しているわけですし。

「ベタでいいなら、家ですかね～。行楽地でデートもいいですが、落ち着けるところもアリですし、家でしたら自分の特技のアピールも可能です」

「特技のアピール……うん、それなら勇気を出して家とか行ってみようかな？」

「ふふ。頑張ってください」

上手くいくといいですね。

仲良くなることはいいことですから。

次は……。

私は来栖さんに視線を移します。

するとと、彼女は待ってましたと言わんばかりに、タブレットを見せてきました。

【心安らげる場所を】

「安らげる場所ですか……そうですね～。例えば別荘とかでしょうか。もちろん、あればですけど」

【別荘は何がいいの？】

「普段と違うところで過ごすので気分転換になりますし、自然に囲まれた中での生活は癒されますよ～」

【別荘ない……】

「自然を満喫するなら、田舎の古民家とかもいいですよ。もちろんなければ森林浴とかでも――」

「そ、そうですか。是非、行ってみてください」

【古民家に行く!】

【ありがとう。マスター】

すごい食い気味で反応されましたね。

書くのが速くなったことが驚きですよ。

それにしても、なんだかウキウキして弾んでいるようですね~。

私の話で考えがまとまったなら良かったです。

「ありがと、さくら」

「いえいえ~。私の分まで楽しんで下さい」

「うん。けど、もし予定が空いたら教えてよ。その時は絶対に時間を作るから」

「ふふっ。その時は是非お願いしますね」

社交辞令でも嬉しいですね。

いつか遊びに行けたらいいですが、今回は難しそうです。

私は制服に着替え、鏡で髪型を直していきます。

体育のせいで、髪のトップの方がやや乱れていました。

「むむむ……これは乙女としてダメですね」

「さくら、早く行くよー」

「あー先に行ってて下さい！　まだ髪を直してないので……これでは人前に出られません」

「……りょーかい。じゃあ先に行ってるけど、次は化学の実験室だからね」

「ふふっ。分かってますよ」

涼音ちゃんはそう言って来栖さんと一緒に出て行きました。

来栖さんは待とうとしていましたけど、涼音ちゃんは察してくれた感じですね。

ちょっとひとりになって、気を抜きたかったので……。

「うーん。やっぱり肩が凝りますね〜」

私は体をうーんと伸ばします。

それから手鏡で髪型をチェックしたり、表情の確認を行いました。

「これでバッチリですね、明日からの休みは気合い入れましょう！」

私はみんなのお土産話を聞くことを楽しみにしましょう。

聞くだけで楽しいこともありますからね。

一喜一憂していても仕方ないですから。

そんなことを考えていると、スマホが震えて画面が光り、

『勉強は明後日（あさって）でいい？』

と、鏑木さんからメッセージが届きました。

「ふふっ。そうでした。今回は友達との予定がありましたね……」

思わず笑みが零れ、同時に顔が熱くなります。

私はそんな自分の変化にハッとして、それから緩んだ自分の表情を戻そうと頬を引っ張りました。

◇◆涼音とのお泊まり◆◇

ゴールデンウィークの初日。

俺は涼音と勉強をするために学校に来ていた。

受験生でもないのに朝からずっと勉強で休憩はご飯の時ぐらいである。

特に雑談することもなく互いに集中していたからか、気がつけばいつの間にか日が暮れていて、外は真っ暗になっていた。

俺は伸びをして、ふぅと息を吐く。

「うーん、ここまでにしようか。頑張りすぎて手が痛いわ」

「同じく、私も疲れたかな。肩こりすぎー」

「休みなのにこの時間まで勉強とか、自分で言うのもあれだけど俺らって真面目だよなぁ」

「あははっ。確かにね～。けど、こんなに集中できるなんて来て良かったかも」

涼音は片付けをしながらおかしそうに笑う。

まだ話そうとしていると、俺たちの帰りを促すように、最終下校時間を告げるチャイムが鳴り響いた。

「やば、早く出ないと」

参考書を慌ててしまい、俺たちは学校の外に出た。

二人で並んで歩き、その横を部活が終わった人たちの自転車が通ってゆく。

真横を過ぎていくから、俺はなるべく車道側を歩くようにした。

「この時間でも結構人がいるねー」

「まぁな」

「道を変えない？　自転車が結構怖いし」

「ん？　まぁいいけど」

涼音に促されるまま、道を変え田んぼの田舎道を歩く。

確かに人通りが少なくて自転車の怖さはないけど、駅までかなり遠回りだ。

そうなると心配になるのが……。

「終電早かったと思うけど間に合うのか？　二十二時近いけど」

「んー？　まぁギリってところじゃない？」

涼音に聞くと、心配する俺とは裏腹に軽い感じで答えてきた。

……大丈夫なのか？

涼音が住んでいるところは、俺も詳しい。

ここからはそこそこ離れていて、終電となるとだいたい二十三時がデッドラインというところだろう。

万が一、電車が遅れてしまえば乗り換えがうまく行かず、帰ることは出来なくなる。

学校も駅から離れているのに、さらには遠回りをして歩いているわけで……。

俺としては早歩きをすればなんとかなるだろうと思っていたけど、涼音は会話を楽しんでいて急ぐ気が全く感じられなかった。

……なんか腑に落ちないんだよなぁ。

さらに言えば、今日の鞄はやけに大きいし。

たくさん参考書を持ってきたのかと思っていたが、そんな種類を出していなかった。

受験生だったら、塾にこもるために参考書を大量に持ち歩くこともあるだろう。

受験勉強にはまだ早いってわけではないが……。

それこそ、まるで旅行に行くような大きな鞄なんだよな……うん？

自分の中で浮かんだ疑問が結論に辿り着いた気がした。

それを確かめるために、

「なぁ涼音。もしかして、どこかに泊まるのか？」

俺は涼音が持つ大きな鞄を指差して訊ねた。

涼音は大きな目を瞬かせて、それからにこりと笑う。

「ねぇ……今から律の家に行ってもいい？」

「イエー？」

「なんでカタコトなの？　言葉通りの意味なんだけど、ダメ⁇」

「やっぱり……聞き間違えじゃないんだなぁ」

だから、終電を気にしてないし帰る気もなかったわけか。

俺はため息をつき、涼音の顔を見た。

「ほら、今日からゴールデンウィークでしょ？　だから、家でお泊まりとかやりたいなぁーって」

「その気持ちは分からなくはないけどさ。俺の意思は？」

「ん？　今、聞いたでしょ？」

「それで納得するわけないだろー。急すぎるって」

「まぁ律が無理って言うなら諦めるけど。あーあ、荷物が重いし……終電ギリギリだから走るの辛(つら)いなぁ。これ、めっちゃ重いのにー」

「………」

「か弱い女の子には、しんどいんだけど……。どこかに救ってくれるお人好(ひとよ)しはいないー?」

「ったく、最初から泊まるの狙ってたんだろ?」

俺は涼音の態度に苦笑して肩をすくめた。

隠す気もない大根役者っぷりは、面白いまである。

涼音は俺の問いに、曖昧な笑みを浮かべた。

「あ、バレた?」

「あからさますぎるからなぁ……」

「アハハ、ごめんって。けど、律ともっと話したいなぁって思ったら、それしか思いつかなかったんだよね。事前に言っても、どうせはぐらかされるし」

強引だったことは分かってるようで、申し訳なさそうな顔をする。

それから夜空を見上げて、黙ってしまった。

……俺も、もっと歩み寄れば見えてくることがあるのかな。

彼女を見ていると、ふと姉と話したことが頭に浮かび、そんな考えがよぎってくる。

「……分かった。ただ、服とか貸せるものは少ないからな？」

「そこらへんは大丈夫。ちゃんと持ってきてるし」

涼音はいつもみたいに感情が見えにくい声で話す。

だけど、

（……良かったぁ。でもドキドキするし……こんなの死んじゃうって）

冷静を装う彼女からはそんな声が溢(あふ)れ出(で)ていた。

◇◇◇

「お、お邪魔しまーす……（第一印象を……）」

家に上がると涼音は遠慮気味に挨拶をする。

幸い姉は帰ってきてないようで、返事は何も返ってこない。

代わりに、

（……いないの？　ってことは、二人っきり!?　え、え、どうしよう……）

相当緊張しているようで、普段は聞こえない彼女の心の声がたくさん流れてきていた。

表情は変わらない……いや、顔は少し赤いかな？

てか、そこまで緊張されると俺まで変に意識しそうなんだが……。

「ま、まぁ上がってくれ」

「う、うん」

二人して変な声になってしまう。

並んでソファーに座り、無言の時間が流れていく。

これは気まずい……。

俺はなんとかこの空気を打破したくて、涼音の方を向くとゴチンと頭をぶつけてしまった。

「いてぇ……」

「いたー……」

互いに頭をさすりながら、目を合わせる。

きっと同じことを思っていたのだろう。

ある意味、息がぴったりなのが面白くて二人して「あはは！」と笑ってしまった。

「あーおかしー。ウケるね～」

「タイミング悪すぎだよなぁ」

「だね。あ、そうだ。お腹空いてない⁇」

「んー？　確かに夕飯とか食ってないもんな……意識したらめっちゃ腹減ってきた気がする」

　俺が腹を押さえるポーズをとると、涼音は楽しそうに表情を緩ませる。

　つられて俺も笑うと、彼女は背中から寄りかかってきて、見上げるような体勢をとった。

「ここは、私が一肌脱ごうかな？」

「うん？」

「律には感謝してるから、恩義には報いたいかなと思って」

　涼音はそう言って起き上がると、自分の鞄をゴソゴソと漁り取り出した。

「なんで……フライパン？」

「恩義には報いるって言ったでしょ？」

「まぁ、言ってたけど。フライパンのどこが恩を返すことに繋がるんだよ……」

「あれれ、察しのいい律なのに見て分からない？」

「分かりやすく煽ってくるなよなぁ」

「あはは！　ごめんごめん」

「そういうことだから、私が料理を作るね」

エプロンを取り出して、何故かドヤ顔をする涼音に俺はため息をついた。

俺は無言のまま、じとーっとした視線を涼音に向ける。

彼女はというと、俺の態度の意味が分からず不思議そうに首を傾げた。

「…………」

「料理を作るけど？」

「いや、二回言わなくても聞こえてるって」

「じゃあなんで黙ったのー？」

と、ちょっと不機嫌そうな声が涼音から聞こえてきた。

「いやいや前にも言ったけどさ。涼音みたいなキャラって料理下手が鉄板じゃないのか？

料理が下手だけど一生懸命作って、『別にあんたの為に作ったんじゃないんだからねっ』

みたいなさ」

「はぁ。私に何を求めてるのよ……。無駄に真似が上手いのが、余計に腹が立つ」

「ま、演じるのはお手の物だからな」

「まぁとりあえず、恩も返すって意味で今から料理を作るから」

「いやいや、恩を返したいのはわかったけどさ。なんで料理なんだ？」

「別にいいでしょー」

「心配だなぁ」

いつもの調子で話しているけど、どこか気合いが入っていることは分かる。

手をチラリと見ると、ベタに絆創膏なんてものは貼ってなかったけど……。

疑う俺の様子を見て、涼音が不機嫌そうに口を尖らせた。

「とりあえず信用してよ」

「黒い塊とかにならないか？」

「普通はならないからねー。漫画の見すぎー」

「米を洗うのにジ○イとか使うんだろ……？」

「偏見が強すぎだって。そのぐらいちゃんと水でやるから」

胸を張り、得意げな表情をする。

それでもイメージが湧かない俺は、疑うような視線を向けた。

「分かった。そこまで心配ならひとつ勝負しない？」

涼音は持ってきたフライパンをこちらに向けるようなポーズを決めながら、突然そんなことを言い出した。

「……勝負？」

「そ。私が作った料理を食べて、『もう一度食べたいと思えるか、思えないか』っていう勝負。つまり、律の舌を唸らせたら私の勝ちってこと」

「勝負ってことは……当然、罰ゲームがあるんだろ？」

「まぁね。勝者は敗者にひとつだけ〝なんでもお願いすることができる〟っていうのはどう？」

「なんでもってお前なぁ……」

涼音は自信たっぷりな様子だけど、発言が危ういんだよなぁ。

言葉通りに受け取り俺が変な要求をしたらどうするんだよ……。

いや、いつもみたいにからかうための提案か？

それなら、罰ゲームをなくすために言うか……。

俺は脅しをかけるつもりで、ニヤリと不敵な笑みを浮かべた。

「ほぉ……いいのか？　そんな勝負して、俺が勝ったらどんな要求になるか分からないぞ」

「別にいいけど。好きなことをどーぞ」

「……いいのか？」

「まぁ律は要求できないと思うけどね。案外、チキンなところあるし。今の発言も『こう言えば有耶無耶にできる』みたいなことを考えてたんでしょー？」

「…………」

「アハハ！　図星みたいだね。律もまだまだって感じ」

くすりと挑戦的に笑ってみせる。

絶対に大した要求は出来ないと確信しているようだ。

俺はそんな涼音を黙ってじっと見つめる。

「まぁ律っておじいちゃん的なところあるし、肩叩きってところかな」

「…………」

「黙っちゃって、何も言えないのー？」

「……本当にいいんだな？」

「え……」

真剣に涼音を見つめた。

決して視線を外さずに、彼女が目を逸らしても俺はひたすら見続ける。

……まぁここまで言ったら引くだろう。

俺の思惑通り、いつも冷静な涼音も俺の対応には驚いたようで、

（え……もしかして、マジなやつ？）

と、焦りの声が聞こえてきた。

これできっと慌てて否定してきて……………うん？

何故か涼音の顔が真っ赤に染まり、ぷるぷると震え始めた。

俺が手を伸ばすと、一瞬だけびくっとして上目遣いで見てくる。

……なんか空気が変な感じ……てか、俺まで恥ずかしくなってきたんだが。

どうすれば――

「おーい、律。飲みから帰ったからなぁ〜。なんか靴があったんだが、また来栖が来てんのかー……うん？」

そんな俺たちの空気をぶち壊すような声と共に、リビングのドアが突然開いた。

「……え、先生？」

「あーなんというか。それはだな……」

「ちょっと待って……それに来栖って言わなかった？」

目と目が合い、一瞬の静寂が訪れる。

それから二人の目が俺へと移ってきた。

ああ、ミスったな……。

話に夢中になって、帰ってくることに気が付かなかったよ。

「ねー律？　まだ秘密があった感じ？」

うわぁ……笑顔が怖い。

この後、俺は涼音に姉のことを打ち明けることになったのだった。

◇　◇　◇

「知らなかったんだけどー？　色々と」

冷たい声を聞いて、俺は本能的に正座をした。

ジト目で見てくる彼女は足を組み、不機嫌さを隠す気がないようである。

ちなみにだが、そんな俺たちを放っておいて姉は夢の中に旅立ってしまった。

相当お酒を飲んできたのだろう。

口をだらしなく開けて、床に転がっている。

……大人の出番だろー。

と、心の中で文句を言うがもちろん届くことはない。

俺は手を合わせて涼音を見る。

「言うタイミングがなくて……すまん」

「言う気がなかったの間違いでしょー？」

「あはは……」

「はぁ……まぁいいけどね。私としてはそんなに関係ないし。ただ思うのは、ほんと律は隠し事が多いよねー」

「……言葉に棘があるような」

「棘しかないからね」

不機嫌全開で涼音は言う。

表情が和らぐ様子もなく、口を尖らせていた。

「それに瑠璃菜は知ってたんだね？　まぁこれで、ハッキリしたんだけど」

「アハハ……」

「ってことは、泊まったよね？」

「まぁ、色々あって……」

「ふーん。へー……ほー」

頰をつんつんと突いてきて、大きなため息をつく。

それから、床に転がるさーやに目を向けた。

「まぁけど、望月先生のことも納得かな」

「さーやのこと？」

「そ。お姉さんだったら、あんなに仲がいいのも頷けるし」

「あーそういうことか」

「てっきりね、年上が好きなのかなって勘違いしてた。周りも勘違いしてる人は多いんじゃない？」

「勘違いねー」

「まぁどうせ律のことだから、美人で大人な保健の先生と仲がいいってことを敢えて勘違いの材料にしてそーだけど。望月先生って綺麗だから、律のタイプがあのレベルと思ったら最初から諦める人も多いと思うしね。違う⁇」

「当たらずとも遠からずってことで」

「ふーん。じゃあそういうことにしておこうかな。スッキリしてよかったぁー」

涼音はうーんと背伸びをして、ニカッと笑う。

不機嫌そうな表情はなくなっていて、どこか晴れ晴れとしているように見えた。

「じゃあ、そろそろご飯を作ろうかな。冷蔵庫の中身は使っていい？」

「いいよ。ひと通りはあると思うから」

「おっけー」

「あ、ちなみに俺は料理には煩いからな？」

「アハハッ！　じゃあ首を長ーくして待っててよ」

涼音はそう言って料理を始めた。

――三十分後。

「マジで疑ってすいませんでした」

綺麗な土下座だった。

床に頭を擦り付け、角度、形、共に完璧な仕上がりである。

はぁ……これは完璧に負けた。

そんな感想を抱きつつ、俺の前で勝ち誇ったように腕を組む彼女の反応を待った。

そう、結論から言うと、涼音の料理は美味かった。

それもかなりの腕前で、柄にもなく夢中で食べてしまったほどだ。

作ってもらったのはただのオムライス。

それなのに、どうしてこんなに美味しいんだ。

ふわとろの卵のとろけ具合に加えて、俺の味の好みを把握しているような絶妙さ。そしてなんといっても、包み方が綺麗で見た目からもその美味しさが伝わってくるようだった。

「まぁこれで信じてくれたよねー」

「ハハハ……悪い。けど、こんなに上手なら、弁当を作ってきても良かったんじゃないか？」

「えー普通に朝ってめんどくさいでしょ？　ただでさえ学校が遠いし」

「まぁそれもそうか。弁当を作ってたら時間がなくなるよな……」

「そうそう。それに朝は律と話したいしね。のんびりとしたあの時間がないと、元気が出ないんだよね」

「なくなると確実に調子が狂うな」

「でしょー」

毎朝の日課は、入学してからずっと続いてる。

俺も涼音と同じであの時間が好きだ。

それは彼女も一緒で、仮に弁当を作ったりすると時間の捻出が難しいんだろう。

通学にもそれなりに時間をかけているだろうし……。

「じゃあ、食器片付けるね」

「あ、皿は運ぶよ。てか、洗い物ぐらい俺がやるって」

「最後まで私がやるからいいって。それよりも覚悟しててね？」

涼音はそう言ってから、鼻歌混じりの上機嫌で食器を片付けてゆく。

「お願いだけど何にしよっかな～。律の罰ゲーム楽しみー」

と煽るように言いながら、俺と目が合う度に意地の悪い笑みを浮かべている。

片付けが全て終わった涼音は俺の隣に腰を下ろした。

「どのレベルがいいと思う？」

「お手柔らかに」

「フフフ……それじゃあ――」

と、言いかけたところで外から明かりが差し込んできて、反射的に二人して窓の方を見た。

文字通り水を差すように、外から雨の音が聞こえてくる。

窓を叩くぐらい激しい雨で、外を見るとピカッと閃光が走り、少し遅れてゴロゴロと雷の音が響いた。

「……帰る時に降らなくて良かったよなぁ」

俺はそう言って、隣に座る涼音を見る。

「………………」

「涼音？」

何故か彼女の表情は青ざめていて、心なしか顔が引きつっているようだ。

さっきまでの元気の良さはすっかりなくなっていて、固まっている。

……どうしたんだ？

また外が光り、今度はすぐに雷の音が聞こえてくる。

さっきよりも近くで落ちたようだ。

「きゃあ!?」

横から随分と可愛(かわい)らしい声が聞こえた。

俺は涼音の方を振り向くと彼女は目を逸らしてしまう。

「今の声は……？」

「……わ、私は知らない」

「知らないってここには俺たちしか」

「はは、まさか……幻聴に決まって――」

外が再びピカッと光り、悲鳴をあげた涼音は俺に抱きついてきた。

俺の首の後ろに手を回して、ぷるぷると震えている。

最早(もはや)、強がる意味もなく、行動で示す結果となった。

「涼音？」

「……うっさい」

そう言って、ぎゅっと抱きつく力が強くなる。

鼻腔をくすぐる甘い匂いとか、女性らしい柔らかさを俺に押し付けることになっているが、今は気にしている余裕はなさそうだ。

「なぁ……もしかしてじゃなくて、雷が苦手なのか？」

「……うん」

涼音は力なくそう言った。

ゴロゴロと鳴るたびに彼女の体がびくっとなり、怯えている。

その度に腕に込める力は強くなってゆく。

「おいおい、大丈夫か？」

「……ごめん。本当に無理なの……恥ずかしいけど」

「苦手なことは誰にでもあるし、恥ずかしいことではないよ」

「……ありがと」

小さくお礼を言って、黙ってしまった。

俺はそんな彼女を励まそうと、頭を撫でる。

涼音はチラッとこちらを見てきて、涙目な彼女と目が合うとまた顔を隠してしまった。

「……子供の頃。雷で停電になって、親が帰って来れなくなったことがあったんだよね。

まだ小さくて、ひとりで留守番なんて出来ない時に……。一日だよ、一日……」

「……それで雷が苦手なのか」

「うん。その時の恐怖が、どうして頭から離れなくて……。もう大人だし、頭ではきっと大丈夫だって理解してるんだけど……。音を聞くだけで体が反応して……」

「そうだったのか……」

「だから、こうしてると安心する……」

涼音は、そう呟いた。

「すぐ止むといいな」

「……私としては複雑だけどね」

「複雑？」

「ううん。なんでもない」

外の様子を窺っても、強くなる一方でまだ止む様子がない。

しばらくそのままでいると、今までで一番大きな音が響き渡り、家が真っ暗になってしまった。

「……停電」

「大丈夫大丈夫。すぐに明るくなるよ」

「……うん」

さっき停電のトラウマを話したばかりなのに、この間の悪さ。

涼音は体勢を変えて、更に密着するようにしてくる。

何も見えないせいで、余計に意識してしまう状況になった。

……耳元にかかる彼女の吐息。

……動悸を激しくさせる熱。

その全てが俺の精神を揺さぶってくるようだ。

そんな雨と雷の音しかしない状況の中、沈黙を破るようにして涼音が「……律」と声をかけてきた。

「どうかした？」

「お願い……罰ゲームの」

「え、罰ゲームってこの状態で……？」

「うん……」

涼音は小さな声を出し、それから黙り込む。

少ししてようやく口を開いた。

「お願い……今日はこのままがいいの」

俺は涼音の頭をポンポンと優しく叩き、「おぅ」と短く答えた。
なるべく意識しないために、俺は顔を窓の方に向ける。
本能と理性のせめぎ合いは、朝まで続くことになった。

◇◆ちょっとした嫉妬◆◇

――ピンポーン
俺は呼び鈴の音で目が覚めた。
結局、朝まで起きていて、寝たのも一時間前のことだ。
「……すげぇ状態」
俺の横にはソファーで小さくなって寝る涼音の姿があった。
雷で相当怯えていたが、今は安堵の表情で気持ち良さそうに眠っている。
ちなみに姉はというと、お腹を出して弟として大変恥ずかしくなる格好になっていた。
……もう、色々と終わってる状況だよ。
って、チャイムが鳴ってるのか！
俺は、ペンを持ってから慌てて玄関に向かう。

宅配かと思ってドアを開けると、そこには見知った人物が立っていた。

「……瑠璃菜？」

【借りを返しに来ました（……行動はすぐに。それが基本）】

「あーなるほど？」

【何なりとお申し付けください（律のためにがんばろー。えいえいお〜）】

「ありがとな。けど、そんなにお願いすることは……」

【疲れて見えるよ。何かあった？（……笑顔だけど無理矢理な感じがする。律が無理しすぎてないか、私がしっかり見ないと……心配だから）】

いつも通り真っ直ぐな心が聞こえてくる。

疲れていた理由が、理性で耐え切ったから……なんてことは言えないよな。

俺はじーっと見つめてくる瑠璃菜の頭に手を置き、髪をくしゃくしゃとやった。

瑠璃菜は嬉しそうに目を細めている。

「心配ありがとう。けど、大丈夫。ちょっと夜更かしをしただけだよ」

【お勉強？】

「まぁそんな感じかな。あ、それよりも上がってよ。玄関で立ち話は疲れるだろ？」

瑠璃菜はこくりと頷いて靴を脱ぐ。

丁寧にかかとを揃えて上がると、彼女はそのままリビングに入っていった。

あ……まずい、そっちは……。

（……あ、涼音がいる。律と仲良しだね。先生は気持ちよさそう）

瑠璃菜は二人を見て、微笑んだ。

寝ている涼音と、だらしない格好をしている姉を見たのに嫌な顔をしないで、それどころか仲の良い雰囲気を喜んでいるみたいだ。

後で涼音に『寝顔を見られたくなかったんだけど？』って文句を言われそうだが……。

（涼音ともまた遊びたいな。また買い物とかしたいかも……）

ふと、そんな声が聞こえてきた。

仕方ない……涼音だけでも起こすか。瑠璃菜もその方が楽しめそうだしね。

俺はそう思って、涼音に近づいた。

だが、

「……瑠璃菜？」

彼女に服を摑まれて、俺は振り返った。

（……この気持ちはなんだろう。少しざわついて……なんだかモヤモヤする）

瑠璃菜は目を合わせることなく、俺の服の裾を摑み左右に揺らしてきた。

何も言わず、ただ揺らしている。

「もしかして、二人でいいのか？」

そう訊ねたら、瑠璃菜は小さく頷いた。

耳を澄ますと心の中では、（起こすのはダメ……だと思う）と、かなり小さな声で呟いている。

……瑠璃菜なりの優しさだよな。

疲れてるとか、そういうのに敏感なところがあるし。

俺はそう納得して、自分の部屋を指差した。

「じゃあ、部屋に行くか？」

【うん（また律の部屋……嬉しいな）】

「オッケー。じゃあ行こっか」

俺は瑠璃菜を部屋に入れてから、一度お茶を注ぎにリビングへ戻った。

起こしてないかなと思って寝ている二人の様子を窺う。

まだ寝息が聞こえてきていて熟睡しているようだった。

……ぐっすりだよなぁ。起こしてなくて良かったよ。

俺は苦笑して、瑠璃菜のところにお茶を持っていく。

部屋に戻ると、彼女は姿勢正しく座っていて目が合うと微笑んできた。

「これ麦茶。それにしても、ほんとに表情が良くなったよな」

【精進する（……まだまだみんなの前だと緊張して難しいの。律なら緊張しないけど）】

「真面目だね。けど、確実に成果は出てるから焦らなくていいからな？」

【それは抜かりなく】

「ははっ。それなら良かった」

俺が笑うと瑠璃菜もつられて表情を緩ませた。

出会った頃を考えると、この変化には嬉しくなる。

前に部屋へ来た時と比べると雲泥の差だ。

……こういう瞬間がいいよな、本当に。

【良いことでもあった？（……すごいニコニコしてる）】

「いやいや、こっちの話。それよりもさ、せっかくのゴールデンウィークなのに、瑠璃菜は俺の家でいいのか？　大したおもてなしも出来ないから、面白味に欠けると思うぞ？」

【問題ない（私は律と一緒にいるだけでウキウキ……えへへ）】

「そ、そうか」

可愛らしい心の声が聞こえてきて、変に噛んでしまった。

毎回思うけど、表情は澄ましているのに内心が可愛いって反則だよな……。

俺がそんなことを考えていると、瑠璃菜が肩をちょんと触ってきてタブレットの画面を見せてきた。

【今日の目的は、リフレッシュと自然に囲まれる】

「えっと、確かにここは自然で溢れてるが……。なんで急に？」

【雛森さんにオススメを聞いたの（……自然が多くて古民家。律の家しか思いつかない）】

「なるほど……そういうことね」

雛森は俺の家のことを知らないから、純粋に要望に応えてアドバイスをしたんだろう。

ただ、瑠璃菜の知っている場所で当てはまるのが俺の家しかなかった……ってところか。

てか、それよりも瑠璃菜が自然に囲まれてリフレッシュしないといけない状態という方が気になるんだが……。

心配で彼女の目を見ると嬉しそうに笑い、鞄から耳のついたカチューシャを取り出した。

「それは……猫耳のカチューシャ？」

【可愛い？】

「確かに、猫は可愛いけど」

俺がそう答えると、瑠璃菜はそれを頭に装着して四つん這いになり、まるで猫みたいな姿勢をとった。

服の間からはチラチラと下着が見えてしまい、目のやり場に困る状況になっている。

【にゃあ（……渾身の猫ポーズ。教えてもらった松井さん直伝の）】

「……」

（あ……黙っちゃった。ダメだったかな？）

「いや、別にダメではないんだよ」

【元気出た？（ダメじゃないなら良かった……でも、顔が赤い？）】

「お、おう、元気は出た！　それは間違いない！」

一瞬、しゅんとしてしまった彼女を見て俺が慌ててそう言うと、今度は招き猫のように
手を動かした。

……いや、可愛いのは間違いないけど。

危なっかしいというか、不用心というか……。

「ありがと。ただ、瑠璃菜は色々と気をつけて……服がさ」

【大丈夫（……ここは律しかいないから安心）】

いや、俺が安心できないから……。

そんな感想を俺はぐっと飲み込んで、苦笑した。

「でも、急にどうしたんだ？」

【嬉しくはない？（男の子が喜ぶって聞いたけど……違うの？）】

「違ってはないよ。まぁ……嬉しいのは間違いないからいいのかな？」

【律が嬉しいならおっけー】

瑠璃菜は満足そうにして、俺の横に座り直した。

ちなみにだが、猫耳は外すつもりはないらしい。

まぁ似合ってるからいいけど。

「そうだ。この前は疲れてたみたいだけど、もう大丈夫なのか？」

【お陰様で元気満々（……あの日から肩の疲れがとれたよ）】

「それなら良かったよ」

【いつもありがとう】

「いやいや、それはお互い様だからな。瑠璃菜は頑張りすぎるから、俺に言われなくても適度に休めよ？　この前みたいに寝てもいいんだから」

【了解。けど、私は律の方が心配】

「俺？」

【最近、悩んでいるよね？（……私にはそう見えるよ。迷いや不安があると思うの）】

「…………」

（私は出来ることが少ない。だから、少しでも元気が出るように私なりの方法で、律がリラックスできればいいなって思うの……）

黙っていると、そんな声が俺に聞こえてくる。

涼音との一件があった後、クラスメイトは気がついている様子はなかったけど、瑠璃菜がどこか違和感を感じて気を遣っているようにみえたのは確かだ。

何かを感じ取って、だからこそ俺に会いに来たんだろう。

原因は分からないけど、元気づけたいと思って……。

そんな彼女の気持ちが嬉しくて、けど同時に気恥ずかしさを感じた。

「……俺ってそんなに分かりやすいかな？」

【弟子だから】

「ははっ。師匠の変化には敏感ってことか」

【律も私のことよく分かるから同じ】

得意げな表情をして胸を張って、また猫みたいに手を動かした。

「ははっ。じゃあ俺も……瑠璃菜が元気ない時は元気づけるから。約束だよ」

俺がそう言うと、彼女ははにかんで寄りかかってくる。

一緒にいると癒（いや）される……そんな思いから、距離の近さが物理的なものだけではなくなってきている。

そんな、気がした。

◇◆雛森さくらは空回る◆◇

普段は対面ですから、電子媒体を経て仕掛けるということをやったことがないんですよね。

読んでもらうために文章はシンプルな方がいいと思いますが、想像力を働かせてもらって、私という存在にときめいてもらう……みたいな効果が得られそうにありません。

「そうなると、やはり電話しか……。けど、ダメですっ！　私からかけるなんて、そんなことしたら優位性をとられてしまうじゃないですか～！」

私はスマホを机に置き、頭を抱えました。

『どこで待ち合わせをしますか？』

私は、スマホに打ち込んだシンプルなメッセージと睨（にら）めっこをしていました。

「うーん。字面だけですとイマイチ含みを感じませんね……」

スマホを片手に唸(うな)っているなんて、まるで恋する乙女みたいで嫌です。

こんなに私を考えさせるなんて……ふっふっふ。流石(さすが)は鏑木さんです。

一筋縄ではいかないですね。

だからこそ、張り合い甲斐(がい)があるんですけど！

私の思い通りにいかないなんて、ないことですからね〜…………あれ？

まさか、私が悩む展開を予想して、からかっているとかは……ないですよね？

「鏑木さんならあり得ますか……。そうなれば、ここは先手必勝！　電話をして『ドキッ！　美少女からの電話⁉』という作戦でいきましょう」

私は鏑木さんの連絡先を表示させて、通話ボタンを——

「ひゃい⁉」

突然画面が光り、スマホが震えたせいで私の口から変な声が出てきます。

スマホを見ると〝鏑木律（天敵）〟と表示されていました。

「これも読まれていたなんて……」

自分から動こうとしたタイミングでの電話。

私はその事実に驚愕(きょうがく)してしまいました。

普段と同じように、手の平で踊らされているようです。

むむむ……またしても先手を。

ここは素直に出るべきでしょうか？

それとも出ないでもう一度かかってくるのを待つのも……？

いえ……ここは攻めが必要ですね。

私は意を決して画面に触れようとします。

しかし、その瞬間、電話の画面が消えて代わりにさっきまで表示していた彼の連絡先の画面に移り変わってしまいました。

指はそのまま通話に触れて、彼に電話をかけてしまい――って、これだと電話に気がついた私が慌ててかけ直したみたいじゃないですか⁉

これだと『私が電話したい‼』みたいになっちゃいますよっ‼

『もしもし、雛森？』

「こんみちにゃ！」

慌てたせいで私の口からは、謎の言語が発せられました。

『え、うん？　今、なんて言ったんだ？』

「なんでもないですっ！　それよりも出れなくてごめんなさい。すぐ折り返したのですが……」

『こんなに早かったから、てっきりスマホをずっと持っていて、待たせていたのかと思ったよ』

「あははは……そんなわけないじゃないですかー。たまたまですよ〜。鏑木さんは自意識過剰ですね？」

『ははっ。冗談だよ。雛森はそんなことしないよな』

「も、もちろんです！」

あ、危なかったです〜っ！

なんとか誤魔化(ごまか)しましたが、鋭すぎじゃありません⁉

ま、まぁそれでこそ好敵手(ライバル)なんですけどっ。

私は、こほんと咳払(せきばら)いをして気を取り直しました。

「さて、鏑木さん。どこに集合しますか？　勉強をするなら、カフェとかでもいいですけど。お任せしますよ？」

『そうだなぁ。カフェは混んでて入れない可能性があるんじゃないか？　休みの日は混んでるだろ？』

「確かにそうですね〜。むむ……どこかにいい場所は」

電話越しに鏑木さんの悩む声が聞こえてきます。

できれば、鏑木さんに誘われる形で場所を決めたいところですね。

その方が優位性を保てて――

『……何、電話をしてんのー？』

あれ？

今のって涼音ちゃんの声だったような……。

気のせいですかね……？

あーダメです！　気になったら聞かずにはいられません！

「あのー。鏑木さん」

『どうかした？』

「もしかして、そこに涼音ちゃんがいます⁉」

『代わろうか？』

「あ、それは大丈夫です……」

いたか～……。

これは浮気ですよー鏑木さん。

まぁでも、鏑木さんには、友達として遊ぶなら浮気じゃないという価値観があるかもしれないですけど。

前に彼女について『寛容な人』って仰ってましたし。

そもそも、涼音ちゃんとはかなり仲がいいから公認なのかもしれないですね。

よし、気にしないでおきましょう。

「では、鏑木さん予定を――」

『瑠璃菜、いつまで猫の格好をして……え、私も⁉　いやいや、無理だから‼』

「へ？」

『あ、すまん。気にしないでくれ』

「は、はぁ……」

コスプレ大会でもしてるんですか⁉⁉

猫の格好って……まさか、そういう破廉恥な……。

って、ちょっと待ってくださいよ！

「鏑木さん、来栖さんと聞こえましたが、まさかですけど……みなさん、家にいるんですか？」

『ああ、そうだよ』

あっさり肯定した⁉

どういう状況ですか……どうしてみんなが？

はっ、もしかして、涼音ちゃんが家にいるのって休み前に私が言ったからですか。

あれ？　けど、来栖さんは自然を満喫とかの話をした気がしますけど……。

可能性があるとすれば……。

「失礼ですが、鏑木さんの家は田舎の古民家的な感じでしょうか？」

『うん？　定義的にどうか分からないけど、そう見えるかな？　それがどうかしたか？』

「い、いえ！　なんでもない……です」

私のせいでみんなが集合してるじゃないですかぁぁあ!!

どうしましょう……。

修羅場的な感じにはなっていないですよね!?

彼女まで来て鉢合わせとなったら目も当てられませんよ……。

もしそうなったら迷惑を……。

それだけではありません！

このままトラブルに発展したら、私に告白させて『え、あなたも私が好きなんですか？申し訳ありません。鏑木さんには彼女がいるんですから、大切にしてください』という断りが困難になってしまいます！

これは由々しき事態ですね……かくなる上は、私もその場にいて接触した時に説明側に回るしかありません。

それに……仲間外れが寂しいという気持ちも……ってないないない！

それはないですっ!!

『おーい。雛森ー？　あれ？　電話繋がってる……？』

「すいません。考え事をしてました」

『考え事？』

「まぁ気にしないでください。そんなことより、許可をいただけるなら、私も行っていいですか？」

『家に？』

「はい！」

うーんと悩む声が聞こえてきました。

けど、すぐに。

『いいよ。学校の最寄駅に迎えに行くから、着く時間が分かったら連絡もらえる？』

「かしこまりました。では後ほど」

『おう。じゃあまた後で』

電話が切れ、私はふぅと息を吐きました。

なんとか、第一関門は突破ですね。

後はトラブルが起きなければいいですが……。

私のせいでもあるので、何かあったらしっかりと解決しませんと……。

「それにしても、鏑木さんの家ですか。私が男の子の家に行くのは、初めてなんですよね……」

そう考えて意識した途端、急に顔が熱くなった気がしました。

……夏が近づいてきたんですかねー。

嫌になっちゃいますよ、まったく。

顔の熱がとれるまで、私は手で顔を扇(あお)ぎ続けました。

◇◇◇

「さくらは気にせず、楽にしてていいからねー」

「おい、家主を差し置いて勝手に言うなよ」

「ふふっ。お邪魔しますね」

私は微笑(ほほえ)んでみせてから、鏑木さんの家に上がります。

ここまでの移動のお陰で、もう私に緊張なんてありません。

色々と知ってしまった驚きの方が勝ってしまい、そんな感情は消え去ってしまいました。

「んじゃ、律。私は用事があるから一度出るからなぁ」

「分かったよ。さっきは送迎ありがとう」

「気にすんな。さて、雛森を送るぐらいには戻ってくるよ」

先生はそう言って家を出てゆきます。

ほんと、この関係も驚きですよね……ハハハ。

まぁ、実は姉弟(きょうだい)って知られるとからかわれたり面倒でしょうから、言わないが正解ですからね。

さて、そろそろ鏑木さんに……。

私は鏑木さんの横に行き、小声で話しかけました。

「鏑木さん……念のため確認ですけど」

「うん？」

「修羅場的な展開にはなっていませんよね？」

「問題ないよ」

「……即答する自信はどこにあるんですか……はぁ」

鏑木さんの能天気っぷりに私はため息をつきました。

本人が一番、危機感がないなんて……まったくですよ。

ただ、今回に限っては責任の一端は私にありますから、なんとかしますけどね！

私はそう気合いを入れます。

そしてもう一度、彼に小声で……と思ったら来栖さんが近寄ってきて、大きな瞳で私を見つめてきました。

「え、えっと、どうかしましたか？」

来栖さんは無言のまま、私とは反対側から鏑木さんの横に並びます。

そしてぴたりとくっついて、鏑木さんを見ました。

……そんな表情も出来たんですね。

正直、破壊力がやばいです。

普段はぎこちない表情ばかりなのに、鏑木さんへ見せる表情はすごく魅力的なものに思えました。

それに……。

【律は勉強？】

「ああ、約束だからな。雛森って数学苦手だし」

【私も一緒にやる】

「もちろんいいよ。勉強道具はある？」

【問題ない】

「それは良かった。相変わらず準備がいいなぁ」

頭をポンポンとされて、嬉しそうにはにかみます。

空気がどこか甘く、見ているこちらも恥ずかしい気持ちになってきました。

って……めっちゃ恋する乙女顔じゃないですか⁉⁉

やっぱりそういうことなんですね⁉

いや〜いいものを見れましたよ。

「どうしたのさくら？　変な顔してるけど」

「な、なんですか⁉　私はいつでも素敵な顔です〜」

「あーそう？　なんかニヤついていたように見えたんだけど」

「気のせいですよ。ね、鏑木さん？」

「いや、俺に振るなよ……」

鏑木さんはやれやれとため息をつきました。

私を見て、うーんと何を言うか悩んでいるようです。

きっと、たくさんの賛美の言葉から選りすぐっているのでしょう。

ふふ。罪な女ですね、私は。

そして、ようやく考えがまとまったようで、おもむろに口を開きました。

「まぁでも、雛森はいつも愉快な感じだから見てて飽きないよな」

「それはいつまでも見られる美貌にメロメロって意味ですよね？」

「あーそうそう。めろめろー」

「……棒読みじゃないですかー。言葉に心がこもっていませんよ。それに、私の扱いが雑です」

「まぁまぁいつもこんな感じだろー」

「むむ……確かにそうですが、異議を申したいところです」

「じゃあどうすればいいんだよ」

「もう少し女の子扱いをするべきです。こんな可愛い女の子なんですから」

「へいへい」

「もうっ！」

私がそんなやりとりをしていると、背中から何やら視線を感じました。

振り向くと、涼音ちゃんと来栖さんが何か言いたげに見ています。

話すのに夢中で気づきませんでしたけど……。

うわぁ、めっちゃ見られてますよ〜。

「さくらは律の前では、素が出て楽しそうだよね？」

【いつもより元気？】

恐らく恋しているふたりに、じとーっとした目を向けられます。

ライバル認定されそうな雰囲気を察して、

「ち、違いますからっ！」

私は手を振って否定をしました。

「と、とにかく勉強をしますよ！　今日はこのために来たんですからね！」

「やる気だな、雛森は……」

この後、私たちは休憩を何度も挟みながら、夜まで一緒に過ごしました。

時刻は七時を過ぎた頃。
楽しい時間というのはあっという間に過ぎて、帰宅時間となった私は先生の車に乗せて

もらっていました。

窓の外を見ると、街灯の数が少なくて、まるで暗い世界にいくつかの星が煌いているようです。

「田舎の夜は暗いですね」

「まぁな。しかもさーやの運転は荒いから、アトラクションみたいになるよ」

「ここで降ろすぞー？」

「すいませんでした！」

私はそんな軽いやりとりに思わず笑ってしまいます。

ふふ。雰囲気からも分かる通り、仲が良さそうですね。

こういう鏑木さんは初めて見ましたよ〜。

……はぁ、帰るの嫌ですねー。

今頃、涼音ちゃんと来栖さんはトランプでまだ遊んでいるんでしょうね。

私もいたかったですが、明日からもまたお手伝いなので仕方ないです。

これぱっかりは、我儘を言えませんし……。

ただ、しがらみのないことに羨ましさを感じてしまいます。

そんなことを考えていると、横に座っている鏑木さんが話しかけてきました。

「悪かったな。勉強一色のつもりだったのに途中、遊びが入っちゃって」

「ふふ。いいですよ。友達の家で勉強会なんて、大体は脱線するものでしょうし。寧ろその方が青春っぽくて素敵です」

「そうか？　雛森がいいならいいけど、青春って言葉が好きだよな」

「嫌いな人はいないと思いますよ？　高校生だからこそのシチュエーションは、憧れるものがありますし」

「憧れってまだ高校生だから、いくらでも出来るんじゃないか？　それこそ雛森が好きな恋バナのネタなんて増える一方だろ」

「おや？　また何か面白い話があるんですか？」

「……俺はないよ。それこそ雛森ならあるんじゃないか？」

「私もないですね〜」

私は肩をすくめて、そう言いました。

聞かれても、私から話せるのはその事実ぐらいです。

自分の気持ちの変化や『〇〇好きなんだよねぇー』みたいな話は出来ません。

まぁ、それは仕方のないことですが。

「……まぁいずれはあるんじゃないか？　雛森の良さを知ってくれる人に出会えれば恋に

落ちるとかさ」

「鏑木さん……。もしかして、励まして好感度上げようとしてます？　その程度で上げよ
うだなんて甘ちゃんですね～」

「雛森と一緒にするなよ。ったく」

鏑木さんは不機嫌そうな顔をして、窓の方に顔を向けました。

「今度、埋め合わせをするよ。約束は反故にしたくないからさ」

「約束？」

「教えるって言ったのに、十分に果たせなかっただろ？　それは悪いなって」

「お気遣いありがとうございます。けど、楽しかったのでいいですよ」

「いいのか？」

「少しは勉強しましたし、ひとりでやるより何倍もマシでしたから。ひとりでやるのは、
つまらないですしね～」

「俺はひとりで黙々とやるのは好きだけどな」

「ふふっ。私も前は同じでした」

昔はひとりでやるしかありませんでしたからね。

それが当たり前で、その狭い世界しか知りませんでしたけど……今は違います。

仲良く話せる人が増えて、私を知る鏑木さんみたいな方も現れました。

「今は楽しいですよ。みんなと一緒になって、何かをやるのは……そうだ、鏑木さん」

「うん？」

「また遊びに…………いえ、なんでもないです」

ああ、もうっ！　何を言おうとしてるんですかっ!!

これは車という閉鎖空間のせいですねっ！

私から誘うのはなしです。

セーフ。ギリギリで踏み止まりましたよ……。

「なんでもないならいいけど、周りに流されて成績を落とすなよ？」

「ふっふっふ。抜かりはありません」

「特に数学とかな」

「あー。きーこーえーまーせんっ！」

私が耳を押さえて言うと、彼は呆れたように笑いました。

そして、何かを思い出したように手をぽんと叩きます。

「明日からまた手伝いなんだって？　応援してるよ」

「応援されるまでもなく、私からしたら呼吸と同じですよ」

「お、言うねー」

「私にかかれば当然です。華麗に仕事をする姿を見せたかったですね～」

「それは是非、見てみたいな」

その後、私と鏑木さんは駅に着くまでの間、他愛(たあい)もない話をして過ごしました。

旅行とえいえいおー……。

◇◆初めての旅行◆◇

「涼音（すずね）と瑠璃菜（るりな）は帰らないのか？　もう二十一時だけど」

雛森（ひなもり）を駅まで送り帰ってきたら、二人はまだトランプをしていた。

もう遅い時間なのに、帰る気配がまるでない。

それどころか、やたらと盛り上がっている気がする。

もちろん、瑠璃菜は騒いだりしないから静かな盛り上がりってわけだが……。

「まぁね。瑠璃菜と真剣勝負中だから」

【負けられない戦いがそこにある】

「それは分かったけど、電車なくなるぞ？」

「泊まっちゃダメ？　せっかく瑠璃菜もいるし、お泊まり会したいんだけど」

【私も泊まりたい（……友達とのお泊まり会。ずっとしてみたかったの）】

「瑠璃菜まで？　どうすれば……」

俺は腕を組み、頭を悩ませた。

昨日から寝不足なのに、さらに瑠璃菜まで加わって俺の心臓は保つのか？

ってか、その前に連泊は家主の許可を……。

俺はそう思って、さーやに視線を送る。

目が合うと、ニヤニヤと意地の悪い笑みを浮かべた。

「なぁ律。知らぬ間に中々面白いことになってるなぁ～？」

「人の気も知らないで……」

「ハハハ！　そう言うなよ。両手に花はいいことじゃないか。何もそういうのがなくなる方が悲しいぞ？」

「そう言われると説得力が違うな」

「ああん!?（ぶっころ……）」

「いててっ、自分で話を振ったんだろ!?」

頭をぐりぐりされて、俺は不服そうに姉を見た。

姉は「仕方ねーな」とため息をつき、二人の前に立つ。

「いいかお前ら。泊まりは構わないけどな、ちゃんと許可はとれよ？」

「昨日からとってますよ。律のこと話したら、お父さんは許してくれましたし」

「ん、そうなのか？　ならよしっ！」

「ちょっと待て……俺、そんなに信用されてるのか？」

「まぁね。なんか嬉しそうにしてるよ」

「なんか勘違いを生んでそうで怖いな……。ちなみに瑠璃菜は？」

【良かれと思って（……何があってもいいように準備はできてるよ。それに非常食もある）】

「準備がいいねー……」

泊まる準備を最初からしてきてるのか。

しかも非常食って、いくらなんでも備えすぎな気はするが……まぁ、瑠璃菜らしいと言えばそうなのかな？

そんなことを考えていると、「あ、言い忘れてた」と、姉が手をポンと叩いた。

「うん？　どうかしたか？」

「泊まりのことだが、二人とも明日は無理だからな？」

「えっと、何か用事ですか？」

「まぁな。私と弟は、明日から出かけるんだよ」

さーやの発言に俺は首を傾げた。

ゴールデンウィークに俺が出かける用事はない。

その筈だったんだけど……。

「さーや。出かけるなんて初耳なんだが……？」

「ははっ悪い悪い。さっき決まったんだよ。喜べ、有名な老舗旅館に泊まれるぞ」

「知らないものは喜べないけど、随分と急じゃないか？」

「ほら、私は昼間いなかっただろ？　本当は一緒に行く予定だった奴がいたんだが、来られなくなったんだよ。それでちょっとな」

「キャンセルはしないのか？」

「部屋代も前日だからキャンセル料がかかるんだよ。それにな、そこの旅館の近くには用事があるから、泊まらなくても行くつもり……この時期だしな」

「ああ、そういうことか……」

さーやは、少し寂しげな表情で肩をすくめる。

俺は何の話か察して、これ以上聞く気はなくなった。

姉は俺の背中をバチンと叩き、ニカッと屈託のない笑みを見せてくる。

「ま、そういうことだ！　だから、この愚かな弟と行こうかなぁと思っていたんだ」

「愚かって言うなよ……」

「はっはっは。気分転換にもなるしいいだろー？」

気にする必要はないという態度……。

俺は苦笑して、いつもみたいに呆れたような顔を作った。

「二人でか……世話が大変そうだなぁ。きっと酔いつぶれるし」

「それはご愛嬌（あいきょう）だろ～」

「はぁ。それで済むなら、毎回苦労はしないんだけどな」

「かっかっか～。んじゃあ、それが心配なら――」

豪快に笑って、話について来れていなかった瑠璃菜と涼音に視線を送る。

それから、

「宿代がもったいないし四人まではいいから、どうだ？」

と、さーやが言い出した。

「いやいや、何を言って……」

「ほら、学生なんだしさ。もっとお互いを知るべきだろ？（学生たちが腹を割って話すには、特別な雰囲気も大事だ。非日常こそが口を滑らかにするからな）」

姉の考えが透けて見えていて、俺は苦笑いをするしかなかった。

色々考えて欲しいという配慮もあるだろうが、俺に何かを促す意図も感じられる。

弟思いなのは嬉しいけど、整理がいまいち出来ていない俺からしたら、胃が痛くなる提案だ。

「瑠璃菜と涼音は気にしなくていいからな？　飲んだくれの戯言だと思ってくれ」

俺がそう言うと涼音は、「ちょっと電話してくる」と言って出て行ってしまった。

瑠璃菜はさっきと変わらず【私も泊まりたい】と見せてきて、心なしか目を輝かせている。

……この行く気満々な状況は断れないか。

けど、いてくれた方がさーやも俺もいいかもしれないな。

俺はそう自分に言い聞かせた。

「あ、そうだ。来栖ちょっといいか？」

さーやはそう言って瑠璃菜の手を引き、廊下へ連れ出した。

俺に聞こえないぐらいな位置で話しているから、心の声も含めて俺に聞こえて欲しくないことを話しているんだろう。

まぁ、好き好んで聞くつもりはないけど……何かあったら力にはなりたいかな。

瑠璃菜は戻ってくるとそんな俺の心配を他所に、

【絶対に行く（準備しないと……）】

と力強く書いて見せてきた。

表情からすると何か気合いが入っているようで、どうやら俺の心配は杞憂だったみたいだ。

この後、親から許可がもらえた涼音がテンション高めに戻ってきて、俺たち四人は急遽旅行に行くことになったのだった。

「窓を開けると風が気持ちいいなぁ。さいこ～っ」

さーやはテンション高めにそう言い、鼻歌混じりに車を運転する。

俺たちは宿泊先に向かうため、姉が運転する車に乗っていた。

助手席には俺が座り、後ろには瑠璃菜と涼音がいる。

心の声が聞こえる俺からしたら二人のやりとりがややズレのある会話に聞こえて、少しおかしくなっていた。

ただ、二人とも楽しみにしているらしく、涼音も珍しくテンションが高めだ。

けど、

「……何、ニヤついて見てんのー」

と、俺が後ろを向くと不機嫌そうになってしまう。

きっと、柄にもなくウキウキしていることを見られるのが恥ずかしいんだろう。

俺は水を飲み、ふぅと息を吐いた。

「んーどうした弟よ」

「……もう少し運転は上手くならないのか？」

「私的には問題ないんだけどなぁ。ちゃんと道に迷わず進んでるだろー？」

「そういう問題じゃないんだよ……はぁ」

俺はため息をつき、窓の外を見た。

過ぎ去ってゆく景色を見て、気分を紛らわそうと思ったが、どうやら難しいようだ。

あー、視界が狭い……。

【大丈夫？（律の顔色が悪くて心配……）】

「大丈夫だ。問題ない……」

「問題ないなら、もう少しマシな顔をすると思うんだけど？」

二人して心配そうな顔でこちらを見ている。

別に病気とかではない。

単純に乗り物酔いだ……。

昔から船とかバス、乗り物が苦手で、すぐに酔ってしまう。

中でも姉の運転とは相性が悪くて、カーブが多い道とかは特にダメだった。

ハンドルの切り方、ブレーキ、速度の変化……全てにおいて俺にはきつい。

瑠璃菜と涼音は大丈夫そうなのが幸いである。

「仕方ねーな。とりあえず後ろで寝かせるか」

「……大丈夫。俺がいないと、迷った時に地図が見れないから困るだろ？」

「それ、私がやるからいいよ」

「涼音はそう言うけど……」

「いいから病人は黙ってて。先生、どこかで停めてください。場所を交代するので……瑠璃菜もいい？」

【問題ない】

さーやは車を路肩に停めて、俺と涼音は場所を交代した。

俺は手で顔を隠すようにして横になった。

車内は狭いから十分に横になることは出来ないが、さっきよりはマシに感じた。

（律、大丈夫かな？　心配……）

手の隙間から瑠璃菜の様子を窺うと、彼女は俺をじっと見つめていた。

酔っている人に画面を見せるのはダメと思っているのだろう。

書く素振りを見せることなく、頭を撫でてくれる。

「……心配かけて悪い。横になっていればそのうちに良くなると思うから」

（また強がってる。私に出来ることは……もっと楽な姿勢で寝かせてあげることぐらい……）

瑠璃菜はそう言うと、俺の頭を持ち上げて自分の太ももの上に乗せた。

「…………………っ!?」

突然のことで思考が追いつかない。

同時に俺の耳には、

（あ！　瑠璃菜〜。わ、私も……って、ダメダメ。本当に辛そうなんだし）

（いやぁー。見せつけてくれるなぁ……）

そんな心の声が流れてきた。

俺は苦笑して、その後上から見つめている彼女に視線を向けた。

「……ありがとう」

そう言うと瑠璃菜は、気にしないでと首を振る。

そしてまた、俺の頭を優しく撫で始めた。

次第に落ち着いてくると、代わりに眠気がやってきて俺は心地良い感触に身を委ねてゆく。

そして、そのまま意識が沈んでいくのを感じた。

◇◆ひなのもり屋◆◇

「へぇ。古いって聞いていたけど、綺麗だな……」

車に乗って一時間半ほど。到着して最初に出た言葉がこれだった。

〝ひなのもり屋〟と看板がついており、外観からも高級さが感じられる。

スマホで調べると、創業二百年の老舗旅館で評判はかなりいいみたいだ。

そんな所に来たもんだから、涼音も瑠璃菜も圧倒されていて、瑠璃菜に関してはいつも以上に落ち着きがない。

「ここはいい値段するんだぞ？　料理も美味いと評判で、更には温泉も完備だ！」

「おおっ！」

「足湯なんていうのもあるから、気分転換には持ってこいだろー？　ま、大人に感謝しとくんだな」

「初めてさーやに感謝したよ」

「んだと、このやろー」

さーやは笑いながら肩を組んで来て、俺を揺らしてくる。

俺とさーやで旅行なんて行かないから、テンションを高くさせているようだ。

そのせいか、たまに後ろから何か言いたげな視線を感じることがある。

チラリと後ろの様子を窺うと、涼音と瑠璃菜が話をしていた。

「瑠璃菜……律ってシスコンの可能性があると思う？」

【シスコン？（海外のお寿司のコンテストかな？　シースーコンペみたいな）】

「絶対ズレたこと考えてるでしょ？」

【そうなの？】

まぁ、ただ絶妙に会話は合っていないけど。

俺たちは足を進めて、緩やかな坂をあがってゆく。

辺りに広がる景色を堪能しながら、少し歩くと入り口が見えてきて、俺たちの姿に気がついた仲居さんが出迎えてくれた。

流石、老舗旅館ってところなんだろう。

姿勢に一切の乱れもなく、丁寧にお辞儀をして待ってくれている。

「ようこそいらっしゃいました」

「予約しました、望月です」

さーやも普段と違って丁寧な口調で名乗った。

誰ですか？　と言いたくなる気持ちを抑えて俺は案内を待つ。

「望月様ですね。お待ちしておりました。どうぞお入りくださいませ」

俺たちは案内されて旅館の門をくぐる。

中には何人かの仲居さんが待っていて、そこには見知った顔がいた。

「さくら？」

涼音がそう言うと、雛森は微笑んだ。

当然こちらには気づいているようだけど、それ以外の反応はしない。

「では、私がご案内いたします」

雛森はそう言って、慣れた所作で施設を説明しながら俺たちを部屋に案内した。

「まあ、どうぞ、ごゆっくりなさって下さい」

最初と同じように、もう一度、丁寧なお辞儀をすると、雛森はすぐに部屋を出ていってしまった。

残された俺と涼音は呆気にとられていて、無言のまま荷物を隅に置いてゆく。

ただそんな中、瑠璃菜とさーやはいつも通りな感じで話していた。

「うん？　どこに売ってるかって？　後で教えるからな。ただ、道に迷うなよ？」

【大丈夫】

「そっか。それにしても来栖は驚かないんだなぁ〜」

【カッコよく仕事してて素敵】

「ははっ。あれがプロってもんだよ。前からやっているらしいから、洗練されてたよなぁ」

【私も頑張る】

「ははっ。頑張れよ」

そんな二人のやりとりを見て、俺と涼音は顔を見合わせた。

同じようなタイミングでぷっと笑う。

「いや〜。さっきは驚いたな。雛森は全く顔に出さなかったし」

「うん、びっくり。そっかさくらの実家の仕事場ってここだったんだ」

「涼音は知らなかったのか？」

「さくらって家のことを話したがらないんだよね。まぁここまで大きかったら、話さない理由も納得だけど」

「言っても、良い方向にはならなそうだよな……」

金があるとそれだけで寄ってくる人もいるだろうし、面倒ごとにしかならない。

今ある友人関係も壊れることだってあるだろう。

持ってる人への嫉妬は、一番起こりやすいしな……。

それは嫌ってほど見てきているし。

「んじゃ、弟よ。お前は一旦部屋を出て行こうか。来てよくなったら、呼ぶから」

「え、なんでだよ」

「まぁいいからいいから（やはりサプライズは必要だよなぁ）」

「お、押すなって」

勢いのまま部屋から追い出されてしまった。

サプライズって……さーやが考えると碌なことがないんだよ……。

仕方ない。せっかくだから見て回るか。

俺はため息をつき、旅館を歩く。

「人が多くいるところは疲れるからなぁ……」

部屋の近くを通ると色々な声が聞こえてくるし、やっぱり静かなところに行くか。

俺は、外に出て庭を散歩することにした。

「足湯も人がたくさんいたし、行くのは後が良さそうだったな。温泉も夜中がベストって感じか？　ま、ゆっくり待つか〜」

俺は伸びをして、庭にある石の道をゆっくり歩く。

そして、庭の真ん中にあった大きな池の近くにベンチを見つけて座り、池で泳いでいる鯉をぼーっと眺めた。

「こういう所って池も綺麗なんだなぁ。鯉も柄が綺麗なのが多いし」

そんな感想を口にしていると、

「あ、鏑木さん発見です！　ふふっ。ほんとおじいさんみたいですね〜。ここは女神降臨といきましょうか」

聞き覚えのある声が聞こえてきた気がした。

相変わらず声が大きいなぁ。

姿が見えなくても、誰か分かる人って中々いないんだけど……。

普通は心の声なのか、話しているのかは、対面していれば口が動いているかで判断している。

けど、雛森の場合は主張が強くて普段との違いがあるから、顔が見えてなくても心の声だって分かりやすい。

今も、『さぁ驚かしますよ～』と後ろから近づいてきているのがバレバレだ。

俺は耳をすまして、彼女が近づいてきて後ろに来るタイミングを窺った。

そして、

「よ、雛森。元気か？」

「にゃは⁉」

急に振り返って声をかけたから、彼女の口から猫みたいな声が出た。

そのせいで顔が赤くなり、頬をぷくって膨らませて、不服そうに見てくる。

「……酷いと思うんですけど？」

「あはは、ごめん。今は、話しかけていいのか？」

「大丈夫ですよ。今は誰もいませんし、私もたまたま巡回で通っただけですから（……たまたまということにしておきましょう。偶然ってものに人は弱いですからね）」

「なるほどなぁ。じゃあ、仕事の邪魔しちゃ悪いし俺は戻るよ」

「あ、え……（せっかく話すチャンスができましたのに……）」

「むむっ。顔が笑ってます……。ということは、気づいて言ったんですね……（また一本取られてしまいましたぁ〜。悔しいです〜!!）」

「ははっ。それで雛森は、なんか用があったんだろ？」

雛森は不服そうにしながら、コホンと可愛らしく咳払いをした。

「涼音ちゃんたちにも言っておいて欲しいんですよ。さっきは友達に接するような態度ではなかったので……だから」

「大丈夫。みんな理解してるよ。てか、あのぐらいの態度でショックを受けるなんてことない。しっかり働いてるなぁって感想ぐらいしか出てこないさ」

「それならいいですけど（……あの態度で嫌われたら悲しかったので）」

雛森は、ほっとした様子を見せた。

内心不安だったんだろう。

言動ひとつだけで、人間関係が変わったり壊れてしまうのは彼女自身よく知っている。

自分があんな態度をとったら嫌われることになる。

そう思っても、仕事だからと割り切っていたに違いない。

けど、友達に嫌われたくないから弁明をしに来た……というところだろう。


「巡回なんだろ？」

まぁこのことは、雛森のために伝えておこう。

きっと、気にしてはないだろうけど。

「それで、どうですか？　この旅館なら楽しめそうでしょうか？」

「まだ施設は回れてないけどな。でも、雰囲気は好きだと思う」

「それなら良かったです。ちなみに私はいかがでしたか？　例えばこの服とか」

「馬子にも衣装って感じかな」

「むむ。それはなんとも言えない言い回しですね……まぁいいでしょう。次は料理も運びますから、私の完璧さを目に焼き付けておいてくださいね？」

「ははっ。そうさせてもらうよ」

彼女は、余裕の笑みを浮かべて俺に指を向けてきた。

まるで勝負を挑んでくるような態度。

あまりにも堂々としているので、つい拍手をしてしまいそうだった。

「ほんと、雛森はすごいよな」

「まぁ私ですから当然ですね（完璧無敵の美少女ですからね）」

「ははっ。努力したことがよく伝わってくるよ。ここまで形にするのは大変だったんだろうなって思うし」

俺が思ったことを口にした。

特に間違っていない筈だけど、雛森はきょとんとした表情で俺を見つめている。

「どうした雛森。何か変だった？」

「い、いえ。ちょっと予想外だったので……。もしかして、からかおうとしてます？」

「しないよ。努力を馬鹿にするのは最低だろ」

「そ、そうでしたか（……なんかこういうことを褒められると気恥ずかしいですね）」

雛森は曖昧に笑い、頬を赤らめた。

彼女がいつ努力をしたかは分からない。

それはきっと人が見ているところでは、しないからなんだろう。

学校でもそうだけど、他人が抱くイメージ通りの自分を見せて、自分が良く見える方法も熟知している。

そんな人が努力していないわけがない。

俺に仕掛けてくるいつものやりとりだって、計算しているのが伝わってくるしな……まぁ俺に対して毎回空回りしてるのは、ちょっと面白いけど。

「む……何か笑ってません？（やはりからかっていたってことなんですね！　き～っ！ちょっと嬉しかったのに～！）」

「いや、ほら。雛森って変な努力してることあるだろ？　俺への演出とかさ」

「え、演出とは……ナンノコトデショー」

「嘘、下手すぎだろ。まぁ変な努力と言っても、俺は頑張る人は好きだけどな」

「……あ、ありがとう……ございます（好きってなんか照れてしまい……しまった⁉　これは上げて下げて上げるという高度な作戦じゃないですか！　感情の急変で揺さぶるなんて……ま、まだ負けてませんよ！）」

雛森は『やってしまった』という顔をして、俺を睨んできた。

ほんと、負けず嫌いだよな……。

今もなんとか自分のペースに持っていこうと、めっちゃ考えているみたいだし。

雛森は深呼吸をすると落ち着きを取り戻して、にこやかな表情になった。

「ひとつ、鏑木さんにご提案があります」

「提案？」

「鏑木さんって結構観察眼に優れていますよね？　どうです？　ウチで働きますか⁇」

「俺に接客なんて無理だよ。雛森ほど猫被りが上手じゃない」

「天職だと思うんですけどねー（……察しの良さとか気配りは、目を見張るものがありますからね。いずれ従業員として雇うことを視野に入れておきましょう）」

……なんか勝手に雇うことを考えてるな。

まぁ、俺には人が多い仕事は無理だろうけど。

「あ、そろそろ時間ですね。戻らないといけません」

「そっか。まぁ頑張れよー」

「もちろんですよ。ただ、私はこれから仕事モードになりますので……さっきみたいに他人行儀でも気にしないでください。別に嫌いになったとかではないですから」

「分かってるよ。そんな勘違いはしないし、俺も邪魔しないようにする」

「ふふっ。そう言ってくれて安心しました。では、楽しんでくださいね」

「ああ、楽しむよ。またな」

「はいっ!」

雛森は微笑(ほほえ)んでから、ぺこりと丁寧に腰を折った。

そして、顔を上げた時には、入り口で案内してくれていた仲居さんの顔になっていて、振り返ることなく去ってゆく。

……切り替え早いなぁ。

俺はそんな彼女の背中を見送ってから、もう一度、池に視線を移した。

「みんなそれぞれ、抱えるものがあるってことだよな」

口からそんな言葉が漏れる。

俺は風景を眺めながら、姉からの連絡を待った。

「どうだ律。中々に眼福だろ⁉」

部屋に戻った俺を出迎えたのは、浴衣姿の三人だった。

涼音は可愛らしい髪留めをつけて、瑠璃菜は髪を後ろで纏（まと）めていて、綺麗（きれい）なうなじが露（あら）わになっている状態だ。

……やばっ。

つい見惚（みと）れてしまった俺は、すぐにハッとして姉を見る。

目が合うと実に憎たらしい顔をしていた。

「いやいや〜。流石（さすが）に律も浴衣美少女に弱かったか？　いつも興味ないみたいな顔してる癖に、案外弱いんだなぁ？」

「……ひとりだけ年増（としま）がいたのが残念なところだろ」

「よし。今から墓に行こうか。近くにあるから埋めてやる」

「頭を摑むな……」

頭を鷲摑みにしてきた姉の額には青筋が浮かんでいた。

……先にからかってきたのはそっちなのに……マジで理不尽すぎる。

そんな文句を心の中で言っていると、いつの間にか瑠璃菜が隣にいて覗き込んできた。

【姉弟のじゃれあいがハードだね（……激しいスキンシップにちょっとびっくりしてる）】

「いや、あれは一般的ではないからな？　たださーやが凶暴なだけだよ」

【似合ってる？（……初めて着たから自信ない）】

「おう。似合ってるんじゃないかな。髪は自分で？」

【涼音（涼音がやってくれたの……髪長いからって）】

「いつも思うけど、器用だよなぁ」

瑠璃菜だけではなく、自分の髪や姉の髪もやったんだろう。

姉はそういうことは出来ないからな。

「ってことで、律も着替えなよー。男の人用の浴衣があるし」

「着なきゃいけない？」

「せっかく旅館に来たんだから、雰囲気を楽しまなきゃ損でしょ。だから、はい」

俺は涼音に浴衣を渡されて、すぐに洗面所で着替える。

戻ると涼音は顔を少し赤らめて、「いいじゃん」と一言だけ言ってきた。

「じゃあ、せっかくだし卓球でもやるとするか～。ちなみに弟よ、拒否は認めないからな」

「人が多いんだろ？」

「安心しろ。予約制だから問題ない」

「分かったよ」

「あははっ。律はお姉さんには弱いね」

「見て楽しんでないで、援護してくれよ」

「私も律と卓球したいからむりー」

「うわぁ……敵しかいねーな」

涼音と姉が楽しそうに「試合する？」とか話しているのを尻目に、俺は瑠璃菜に話しかけた。

「瑠璃菜は行く？」

【行く（……少しだけでもやりたいかな）】

瑠璃菜は頷（うなず）いて行く気満々だが、相変わらず何か遠慮しているようだ。

こうして俺たち四人は卓球をやることにした。

「一旦、休憩させてくれ」

「律は体力ねぇな〜」

「二人とも体力ありすぎなんだよ……」

二時間ほど卓球をやった頃、俺はガス欠を起こして近くにある椅子に座り込んだ。

『運動部かよ！』ってぐらい、途中からハードになってしまい、何故かこんなに疲れる結果になってしまっている。

俺は事前に買っておいた水を一気に飲み干した。

「ハァハァ……体力馬鹿の姉に付き合っていたら、体力が保たない……な」

肩で息をしてしまう状態を整えようと何度も深呼吸をする。

目の前で遊んでいる涼音とさーやを眺めながら、ラケットで顔を扇いだ。

「ん？　あれ……瑠璃菜はどこに行った？」

ふと、そんなことを思い俺は辺りを見渡した。

さっきまでいた筈なのに、どこにも見当たらない。

……何かあったのか？

変な胸騒ぎがして、俺は探しに行こうと立ち上がる。

ちょうどそのタイミングで二人が休憩のためにこちらにやってきた。

「あー……マジで死ぬんだけど。でも、負けたままは嫌……」

「いやいや、まだ私も若い子には負けられないってことだな。まぁ霧崎はよく健闘してると思うぞ？」

「む……次は勝つから。ちょっと飲み物買ってくる」

悔しそうにした涼音は自販機の方に行ってしまった。

「中々いい勝負だったんじゃない？」

「だろ？　まだまだ私の方が上手いけどな」

「流石、脳筋ゴリラって言われてただけはある」

「ゴリラ並みか試してみるか？　お前の骨で（これはマジだからな？）」

「すいませんでした！」

心から聞こえた怒気にやられて、俺は反射的に謝った。

てか、俺への伝え方に慣れすぎだろ……。

まぁ一緒に暮らしていれば慣れるんだろうけど。

「そうだ。さーやに聞きたいことがあったんだ」

「瑠璃菜を知らない？　どっかに行ったみたいなんだよ」

「そうだなぁ。まぁ野暮用でもあるんだろ」

「何か知ってる？」

「……聞いてどうする」

「もちろん、困ってるなら助けるよ」

俺は迷うことなく答えた。

そんな俺の態度を見て、さーやの眉間にしわが寄る。

それから睨むようにして、こちらを見てきた。

「もし、ヒーロー気取りで行くならやめておけ。何もかも自分で抱えたら、持ちきれなくなるよ」

「別に気取ってないよ。俺にできることをするだけだ」

「はぁ、頑固だなぁ……」

額に手を当てて、呆れたようにため息をつく。

「お前はどうするんだ？」

「うーん？」

「どうするって？」

「いつもみたいに聞こえてるなら分かるだろ？　私がここに来ている意味が……（向き合えるのか……？　私にはそれが心配だよ）」

聞こえてないようにしても、俺は拾ってしまう。

だから、ここに来る前に姉の目的を俺は知っていた。

そして、瑠璃菜の反応も……なんとなく察していた部分もある。

姉に言われるまでは半信半疑ではあったが……予感はしていた。

瑠璃菜と姉がどこで知り合ったか……。

出会える場所の選択肢は多くはなかったから……。

俺は、拳をぎゅっと強く握った。

「自分のことは分からない。けど、俺にできるのはいつだって……人を偽善で助け続けることだから」

そう言うと、姉は髪を乱暴に掻いてからスマホをいじった。

俺のスマホが光り、メッセージには地図のＵＲＬが送られてきていた。

「……花を買っておけ。近くで買えるからな」

「ありがとう。けど、俺は買えないよ。合わせる顔がないから」

「……律（……お前は悪くないんだよ）」

「じゃあ、行くから」

さーやはため息をつき、手をひらつかせてから涼音のところに歩いて行った。

俺は反対方向に進んでゆく。

後ろから、「女水入らずで遊ぶか！」と元気な声が聞こえてきたが、振り返ることなく急いで旅館を後にした。

◇◆私は頑張ってるよ。えいえいおー……◆◇

本当は夏ごろに、もっと立派になった姿を見せたかった。

自慢の娘って言われるぐらい、色々なことが克服された形で……。

でもね、今日は話したいことがたくさんあるの。

――来たよ、お父さん。

私は、お墓の前で手を合わせて目を閉じる。

そして、一礼してから周りの掃除を始めた。

最後に来てから数か月が経ったせいか、雑草が生い茂り、墓石には薄らと苔の緑色がついている。

私はそれを擦りながら落として、周りの雑草を取り除いていく。

ただ、無心で、無言で……誰もいないから、私の掃除する音だけが寂しく響いていた。


ここにいると思い出すのは、数年前の私のこと。

そして、取り返しのつかない後悔。

お父さんに向かって言った「嫌い」という言葉。

感情のままに、苛立ちから出た本心では思ってもいないこと。

でも、それを否定することは私にはもうできない。

だって、もうお父さんには会えないのだから。


――仲直りしたい。

私は大きく深呼吸して、そう声を出そうとした。

けど、途端に動悸が激しくなり、声の代わりに口からは息がはぁと出るだけ……。

以前と変わらず、変化はない。

喋れなくて困ることも多いけど、私はそれでいいのかもしれない。


——だって言葉は凶器なのだから。

感情を声に出してしまえば、楽かもしれない。

けど、目に見えないものは誤解を生む。

目に見えないものは、無暗に吐き出すものではない。

見えないものによってどれほど影響が出るかはわからないのだから。

たとえ音で聞こえても、捉える人によって印象は違う。

『口は禍の元』と言うように、そんなつもりがなくてもトラブルに発展してしまうこともある。

——だから、私は字を書く。

文字の意味をそのまま知ってもらえるように。

文字に書くというワンクッションを入れることで、気持ちを落ち着かせることができる。

そうすれば、前みたいな失敗をすることはない。


……お父さん。私、少しは成長できたかな？

私は心の中でそんなことを呟く。

でも、そんな声は誰にも届くことはない。

謝りたいことも、たくさん伝えたいことも……。

ただ虚しく自分の中に残るだけ。


私は、子供の頃から人付き合いが苦手な方だった。

言いたいことはあるけど言えない。

言おうとすると、もじもじしてしまう。

だから、同学年の子からは変な子扱いされていたと思う。

話すのが苦手なのは、性格のせいもあるけど、誰かと遊ぶ機会が少なかったことも理由としてあるかもしれない。

父親は唯一、そんな私の話を聞いてくれる相手だった。

でも普段は仕事で忙しくて、中々時間はとれない。

だから、一人で過ごすことが多かった。

……寂しいなぁ。早く帰ってこないかな。

そんなことを思いながら、本を読んだり、自分ひとりでできることをして過ごしていたと思う。

けど、そんな日常の中で楽しみな日はあって、毎週金曜日だけはお父さんが早く帰ってきてくれる日だった。

その日に限っては、学校が終わると急いで帰って、宿題や明日の準備を終わらせる。そして、お風呂の掃除をしたりなんかして準備万端で迎える。

後は、お父さんと話すのを楽しみに待つだけ……のような生活。

お父さんと私の二人家族だけど、幸せを感じていた。

――ある日のこと。

それは、私の誕生日を間近に控えた時のことだった。

私はいつも以上にウキウキで、『何を食べようかなぁ』、『どこに行こうかなぁ』、『プレゼントはどうしよう？』ということをずーっと考えていた。

学校にいても、心ここに在らずといったところで、本当にそればかりを考えていたと思う。

何か月も前から、誕生日の話をお父さんとはしていて、だからこそ楽しみは増すばかりだった。

だけど、

「ごめんね、瑠璃菜。お父さんの仕事が忙しくて、明日は休めないかもしれない」

前日になって、お父さんからそんなことを言われてしまった。

「……なんで誕生日なのに」

「本当にごめんね。どこかで埋め合わせをするからね……。あ、そうだ！　今度の休みは行きたい所に連れて行くから」

優しい口調で、お父さんは申し訳なさそうにしながら話しかけてくる。

けど、そんな提案はその時の私にはどうしても受け入れることができなくて、最高潮の気分から一気に突き落とされて私はその場でボロボロと泣いてしまった。

……誕生日は特別な日なのに！

今度の休みっていつなの？

いつになるかも分からないのに……。

忙しいのは子供ながらに理解していた。

けど、感情は事実を受け入れようとしない。

そんな時、私は苛立ちから心にもないことを言ってしまった。

「お父さんなんて大っ嫌い!!!」

この言葉を口にした時のお父さんの表情は、今でも忘れられない。

悲しそうで、それでいて微笑む姿が目に焼き付いている。

結局、その後は話すこともなくて、「行ってきます」という挨拶にも初めて返さなかった。

でも、独りで過ごす中で気持ちは少しずつ落ち着いてきて……小さかった私は、小さいながらも言ったことを後悔した。

感情に任せて酷いことを言っちゃった……と。

だから、帰ってきたら謝って……そして「お疲れ様」と言って私からプレゼントをあげよう。

『酷いこと言ってごめんなさい。いつもありがとう。大好きだよ』って伝えて、お父さんがよく作ってくれたこの羊毛フェルトを自分でも作って、それを渡すんだ。

そんなことを決めていた。

……けど、父親に渡すことができなかった。

その日は帰ってこなかったから。

どんなに遅くても毎日必ず帰ってくるのに、夜中になっても帰ってこなくて、私はいつの間にか寝ていた。

そして——次に会えたお父さんは綺麗な花に囲まれた姿だった。

顔色が悪いけど、気持ちよさそうに眠っていた。

子供の私には何が起こったか分からなくて……ただ、独りになってしまったことだけは理解できた。

ただただ、現実感がなくて私は呆然としているだけで、不思議と涙も出てこない。

お葬式の後、私は親戚の家に引き取られた。

夜にトイレに行きたくなって、そこで偶然会話を聞いてしまった。

「知ってる？　交通事故だって。出張先から日帰りで帰ってきて、相当無理してたみたいよ。走ってたところを信号無視の車に轢かれたみたいでねぇ」

「夜ってスーツが見辛いものね……可哀想だわ」

「そうねぇ。何をそんなに慌ててたのかしら？」

それを聞いた時、私の目から溜まっていた涙が溢れ出した。

私があんなことを言ったから、お父さんは無理したの？

私があんなことを言ったから、事故にあったの？

私があんなことを言ったから、死んでしまったの？

私があんなことを言ったから――。

その日から、私の口からうまく声が出なくなった。

喋ろうとすれば激しい動悸に見舞われ、震えがおき下手だったコミュニケーションがさらに下手になってゆく。

学校にも行けなくなり、いつしか部屋に籠るようになった。

その結果、親戚から腫物のように扱われ、ストレスからか元々薄めの色をした髪の毛もさらに変化して、余計に外へは出れない状況になってゆく。

親戚の叔母さんは、私のことは諦めたみたいで声をかけてこなくなり、代わりによく愚痴を言うようになった。

……もう、出たくない。

そんな引き籠り生活が続いたある日。

部屋のドアが突然開いて、ひとつの小さな段ボールが置かれた。

「お父さんの荷物ぐらい整理してよ」

叔母さんはそう言って、そそくさと部屋を出てゆく。

何日も見ないでいたけど、段ボールからちょこんと顔を出している物が気になり、私はお父さんの残した物を出していった。

物はかなり少なくて、お菓子の缶に入った私が作った折り紙や、作り方を教えてくれた羊毛フェルトの残り……そして、一冊のノート。

私に渡されたのはこれだけだった。

……全然、残ってないんだ。

私はそんなことを思いながら、徐(おもむろ)にノートをめくっていく。

そこには、懐かしいお父さんの字が書いてあった。

……あれ。これは。

ふと、あるページに書いてあった言葉に目が留まる。

『頑張りと勇気、そして感謝を忘れない。優しくて、名前のように』

……名前のように？

古びたノートの最初の方には、色々な名前が書いてあった。

その中に第一候補と赤丸で囲ってあったのが「瑠璃菜」という私の名前。

そこには走り書きのようなメモが残っていた。

『瑠璃の色みたいに透き通るような美しさときれいな心。菜のように元気よく、何があっても前向きに過ごしてほしい』

私の頬を涙が伝う。

零れ落ちた大粒の涙は、床を濡らしていった。

……名前のように。


この三日後、私は籠っていた部屋を出た。

そして紙に文字を書き、叔母さんへ【学校に行かせてください】と頭を下げる。

最初は驚いていたけれど、行くことを許可してくれて、住んでいるところから近くの中学校に通い始めた。


小学校の途中からずっと学校に行っていなかった私は、何もかもが分からなかったけど……。お父さんの言葉を胸に動き続けた。

でも、中々上手くいかない。

というより、いくわけがなかった。

人と接して来なかったから距離感は分からなくて、中学でも、なんとか入学した高校でも、馴染めなかった。

……勉強だけはしないと。

そう思って、それだけは頑張ってきた。

でも、どうしてもめげてしまいそうになる時もある……。

心が折れそうで、潰れそうになることもよくあった。

そんな時はいつも、離れたところにあるお父さんのお墓を私は訪ねた。

勇気をもらおうと、もう一度自分を奮い立たせようと思って……。

……お父さん。この前もダメだったよ。

でも、私は頑張るね。

そんなことを墓前で報告して、誰も来ないお墓の掃除を始める。

いつもは一人で黙々となのに、今日は途中で近くのお墓に来た人がいた。

背が高く、綺麗な大人の女性……。

私とは違ってカッコよくて、凄(すご)くしっかりしてそうに見える。

憧れてしまうような雰囲気を持った人だった。

つい見惚(みと)れてしまい、私はじっと見てしまったんだろう。

視線に気づいた女性と目が合うと彼女は不思議そうな顔をして、それからこちらに向かってきた。

「んーっと、どうかしたか？」

声をかけられ、私はビクッと体を震わせる。
人と上手にコミュニケーションがとれるように、話しかけられたら頑張って話さないと
……なるべく笑って……。
頭ではそう考えているのに、顔に力が入るばかりで全く上手くいかない。
目の前にいる女性は、そんな私に少し驚いたようで、
「随分と機嫌が悪そうな表情をしているが、どこか体調が悪いのか⁉」
と、訊ねてきた。
慌てて首を振り、否定をする。
ああ……また、やっちゃった……。
私はそう思って自分の頬を引っ張る。
顔の力を抜こうとこねくり回しているのを見て、女性は苦笑いをしていた。
「キミは面白いなぁ。よしよし、ここはお姉さんが手伝ってやろう」
そう提案をされ、私は即座に首を振った。
身振り手振りで問題ないと伝えようとする。
「……問題なさそうだな？　じゃあまずは水を汲んでこよう」
けど、上手く伝わっていないようで、女性は桶を手に持って流しに向かう。

私は慌ててノートをとりにいき、急いで【×】と書いて見せた。

……私の馬鹿。ちゃんと伝えないとダメ……。

すると、

「筆談……ふむ、なるほど……」

そう呟いてから、私に向かって微笑んできた。

「ははっ。すまんすまん。確かに見ず知らずの相手から声をかけられたら驚いてしまうな」

そんなことないと、私は首を振ってアピールをする。

「違うって⁇ まぁとりあえず自己紹介をさせてくれ、私は望月沙耶香と言うんだ、高校で養護教諭をやっている。えっと、キミはなんていうのかな？」

【来栖瑠璃菜】

「ふむふむなるほど。来栖ね。じゃあ来栖、ここはお姉さんにも手伝わせなさい」

強引ではあるけど、望月さんは私と一緒に掃除をしてくれた。

その間、私からの返答がなくても、ずっと喋り続けていて……。

学校のこと、ちょっとした仕事の愚痴や豆知識なんかを話していた。

……面白くて、優しい人。

悪い空気感じゃなくて、人とこんなに一緒にいたのは久しぶりだった。

初めて会った私にもひたすら優しくて、緊張していたのが嘘みたいで。

「仕事柄、人の悩みには鋭いんだよ。もっとも、愚弟のお陰で鋭くなったとも言えなくはないが……。まぁともかく、何か困ってることがあるんじゃないか⁉」

初めて会った人に普通は話すことではないと思う。

だけど、望月さんを前にすると、何故だか話したい気持ちになっていった。

私は、自分の悩みをノートに書いてゆく。

正直、あり過ぎて……どれを言えばいいのか分からない。

——友達が出来ない。

——人と上手く接することが出来ない。

挙げればどんどんと出てくる。

書いても書いても、私が頑張らないといけないことはなくならない。

頭を整理するためにノートに書くけど……どうしよう、多すぎるよ。

いつまでも言えないと、帰っちゃうよね……？

けど、そんな心配は杞憂だった。

書いている間、望月さんはずっと黙って待っててくれて、私はたくさん書いた中のひとつを丸で囲んで、ノートを渡した。

【変化】

これが今の私の目標。

二文字に集約された、私の今の気持ち。

お父さんに報告できるぐらい、立派な人になりたいから……。

ノートを受け取った望月さんは、眉間にしわを寄せて悩む素振りを見せた。

「……なぁ今の学校は楽しいか？」

私は、首を横に振って答える。

「そうか……。ひとつ方法として、環境を変えるという手もある」

……環境を変える⁇　どういうことだろう……。

「ははっ。不思議そうな顔をしているな？　まっ、単純な話だが、通う学校を変えるということだ。そうすることでゼロから始めることができるし、いい出会いもある筈(はず)だ。それに来栖が頑張れるなら、私が紹介してやろう。とびっきり馬鹿でお人好(ひとよ)しで、ひねくれた奴(やつ)だがな」

それは大丈夫な人なのかな……？

けど、そっか……学校を変えて新たにスタートする。

今の学校だと、私の印象は最悪だから……。

「だがな。ウチの学校の編入試験は難しいぞ？　来栖はその、勉強は大丈夫か……？」

不安そうに見える彼女に対して、私はこくりと頷(うなず)いた。

大丈夫じゃないかもしれないけど、やるしかないよ。

……今までたくさん休んだから、もう休まなくてもいい。

それに、もう私は逃げない。

変わる可能性があるなら、前向きに頑張り続けたい。

どんなに苦しくても、上手くいかなくても……自分の名前に込められた言葉を誇りに思って果たしてみせる。

だから今日も気持ちを強く……頑張れ、私。

えいえいおー……。

そう気合いを入れて、望月さんを真(ま)っ直(す)ぐに見つめた。

「力強い目だなぁ。それなら安心だよ」

【ありがとう】

「あはは！　お礼を言うのはまだ早いよ。自分の力で編入出来た時、保健室へ来てから言ってくれ。約束、できるか？」

望月さんはそう言って、小指を出してきた。

私は頷き、指切りをして約束をする。

そして、お墓の前で手を合わせて『頑張るね、お父さん。絶対に成し遂げる』と心の中で誓った。


——それから数か月後。

結果から言えば、あの日が運命の出会いだったに違いない。

高一の冬に学校へ編入することになったのだった。

◇◆ひとりじゃないよ◆◇

昔のことを思い出したせいで、顔に熱が集まり目の辺りに込み上げてくるのを感じた。

私はふぅと息を吐き、心を落ち着かせようとする。

そして、いつもみたいにお父さんが眠っているところを綺麗(きれい)にしたくて、雑草をとったり、水を変えたり……土汚れを落としながら、心の中でお父さんに報告した。
——お父さん。なかなか来れなくてごめんね。
前に来てから、随分と時間が経（た）っちゃった。
本当にあっという間だったよ。
最近は凄く充実してるの……。
置いていかれたくなくて、いっぱい頑張ったからかな？
テストでクラス内二位をとったり、料理だって出来るようになったの。
それにね、もっと凄いことがあって……。
なんと、私にも友達が出来たの。
面白くて、優しくて、一緒にいてあたたかい。
そんな友達なの。
一緒に遊んだりもしているんだよ？
今日もみんなで旅行に来るぐらい仲良しになったの……。
これをお父さんが知ったら、びっくりするよね？
きっと大袈裟（おおげさ）に喜ぶのかな？

すごいねって……もしかしたら、ケーキを用意しちゃうかもしれないね。

これからもっともっと頑張るよ。

まだまだダメなことも多いから……。

自慢の娘になったよ……って、胸を張って言えるようにね……。

――風の音しかしない静かなこの場所に、洟をすする音が微かに混じる。

……笑顔でいないと。

ちゃんと練習の成果を見せたいのに……。

そう自分に言い聞かせても、私は涙がこぼれてくるのを抑えられなくなった。

昔のことを思い出して、会いたくても会えない事実に涙が止まらない。ハンカチで何度も涙を拭いても、ただ濡れて行くだけでだんだんと意味がなくなっていった。

……みんなの前に戻る時にはいつも通りでいないと。

心配かけちゃうから……。

でも、一度決壊した感情は言うことを聞いてはくれない。

長くいるわけにはいかないのに……どうして。

「前にも言っただろ。辛い時は、泣いてもいいし、叫んでもいいって」

不意に後ろからそんな声が聞こえて、私は慌てて振り返った。

落ち込んで辛くなってきてる時は、いつも来てくれる。

まるでヒーローのような登場に胸が高鳴る。

そこにはいつも爽やかに笑う、私の大事な人がいた。

「ほら、涙を拭いて。俺のハンカチもあるから。あ、ちなみに汚したら悪いとか気にしなくていいぞ。無駄にたくさん持ってきてるからな」

律は近づいてきて、私の顔から涙をぬぐった。

手には花を持っていて、私と同じで買ってきたみたい。

私は急いでタブレットにお礼を書いて見せると、彼は優しい顔で微笑んだ。

【ありがとう】

「……俺も瑠璃菜のお父さんにお話をしてもいい？」

私が頷くと、律は手を顔の前で合わせて目を閉じた。

そして一礼をすると、

「初めまして鏑木律って言います。娘さんの一番の親友です」

顔を赤らめながら、自己紹介をした。

そして、そのまま彼は言葉を連ねていく。

「瑠璃菜さんは凄く頑張り屋で、それこそ頑張りすぎてしまうこともありますけど……俺はちゃんと見てますから大丈夫です。だから、今は彼女の成長を安心して見守ってください」

言い終わると彼はもう一度一礼した。

【ありがとう】

「お礼を言われることでもないよ。いい報告が出来たんじゃないか？」

【私はまだまだ】

私は首を振った。

前よりは良くなったけど、ダメなところはたくさんある。

律やみんなに助けてもらって、ようやくここまで来れただけ。

だから、学校生活に馴染んでいるとは、言えないと思う。

もっと出来るようになってから、今度はひとりで来よう。

「それなら今度、また報告しにこようか」

私が驚いて顔を見ると、律は優しく微笑んだ。

……どうしていつも、欲しい言葉をピンポイントで言ってくれるんだろう。

でも、これは私がしないといけないこと……だから、迷惑はかけられないよ。

【ありがとう。でも、私だけでいい】

「気にするなって。それに報告するには証人も必要だろ？　今回みたいに、俺が瑠璃菜がすっごく頑張ってるってことを教えてあげないとな」

……いいのかな。

また甘えて……。

「俺に頼るのを遠慮するなよ。また友達が増えたよとか、テストで良い点とったとか、なんて事のない些細なことの報告でも俺は行くよ。俺は瑠璃菜の元師匠だからな。弟子をひとりで行かせるわけにはいかない」

【理由になってる？】

「あ、いや……まぁそれはなんとも言えないが……。とりあえず俺も行くよ。どうせ『迷惑をかけるのは……』なんてこと思っているんだろ？」

うっ……図星だ。

何で律はそんなに考えてることが分かるの？

「不思議そうな顔してるな。たとえ今は話せなくても、俺には分かるんだよ。だからこれからも困ったら頼ってくれ、瑠璃菜を支えるからさ」

律はそう言って頭を優しく撫でてくれる。

私は彼の胸に頭を寄せて、静かに泣いた。

でも、〝支える〟という彼の言葉は嬉しさと共に何か引っ掛かりを覚えた気がした。

ひとしきり泣いて、スマホで自分の顔を見ると目が赤くなっていた。

……ウサギみたいって言われないかな？

あ、それよりも……。

【律はどうしてここに？】

「ああ、それは。たまたまかな？」

気まずそうに言う彼の姿が、以前にここで出会った時の先生の姿を彷彿とさせた。

私を探していたのは分かるけど……それ以外にも、何か理由があるように思える。

そう思ってじーっと彼を見ると、目を逸らされてしまった。

「さぁて、じゃあ俺も掃除しようかな。ほら、花もあるし」

【立派なお花だね】

「まぁね。だから、良かったらお父さんにって思ったけど……もう瑠璃菜の花でいっぱいだな」

【綺麗にしたかったからね】

「ははっ。めっちゃいい感じだよ」

屈託のない笑みを浮かべ、私と一緒に掃除をしてくれる。

そして、ようやく綺麗になり、最後に水で洗い流した。

「これでいい感じだなぁ」

【ありがとう】

「いえいえ。綺麗になると気持ちがいいもんだなぁ〜。じゃあ戻ろうか」

【律は何か用があったんじゃないの？】

「ないよ。それよりも早く戻らないと、みんな心配する」

律はにこりと笑顔を見せて、すぐに立ち去ろうとした。

いつも通りの彼だけど、どこか逃げるみたいに見えてしまう。

なんでそう思うの……？

でも——今、行かせてはいけない。

そう思った時には、私は律の背中から腕を回して抱きついていた。

どうして、そう思ったのかは分からない。

だけど、いつも私に向ける笑顔の裏に別の感情があるように思えた。

それは既視感のある……そう、自分が引き籠っていた時に抱えていたものと同じ。

喪失感や絶望感、そして後悔といったもの。

消えてしまいたいという……そんな気持ちだ。

でも、これは勘でしかない。

本当にそうなのかは分からない……。

だけど、ただ一人にしてはいけないと思った。

「お、おい。瑠璃菜……？　放してくれると有難いんだが……。色々と状況がまずいし……」

律は少し照れたようにしつつも、いつもみたいな口調で言ってくる。

その様子は、女子に抱きつかれて困惑している……みたいな感じだ。

彼の対応はいつも通りで、何か変化があるようには見えない。

けどね……だからこそ、見えない壁のようなものを感じるの。

照れの裏にある何かが……。

【やることがあるならやろう。私も一緒にやる】

私は絶対に引かないという強い意志で、彼を見つめた。

直感を信じて、苦笑いをする彼から私は目を逸らさない。

すると、彼は空を見上げて、

「なぁ。突拍子もなくて荒唐無稽な話をしていい？」

と言ってきて、私はこくりと頷いた。

「もしも、俺に心が読めたとしたらどう思う？」

砕けた話し方で、軽い冗談を言うようなノリで私に聞いてくる。

心が読める？　それはどういうことだろう。

けど、それなら、【私とたくさん話せるね】と書いて見せた。

「ははっ。確かにそうだな。けど、本当に聞こえてたら気持ち悪いだろ？　考えてること も何もかもが筒抜けになるんだから」

【そうかな？】

「そうかなって……。普通は嫌だろ」

【私、普通じゃない】

「なんとも反応しにくい返しをするなって……」

【それに、聞く方も辛いよ】

もし、そんなことが出来るなら疲れちゃうと思う。

聞きたくないことが聞こえて……それで悩んで……私なら何も出来なくなってしまうかもしれない。

それに今は高校生だから分別は多少あるけど、子供の頃にそんなことが出来たら、きっとたくさん困ることがあると思う。

良かれと思ったことが、最悪な方向に行ったとか……。

私がそんなことを想像した時、律の手に力が入った気がした。

顔を見ると唇を噛んでいて、いつもの優しい表情が歪んでいる。

「もし、そんなこと出来る人がいて……他人の秘密を知って、人生を壊してしまったら……どうすればいいんだろうな」

そう、諦めたように言い捨てて。

それから、ハッとした様子を見せた彼は、

「ごめん、変な話をした。漫画の見過ぎかな」

と笑って言った。

その表情は、前に私の笑顔練習の時に教えてくれたものと全く一緒だった。

……分からないことが悔しい。

律はさっき『私を支える』と言った。

彼の優しさはあったかくて嬉しいけど……でも、そんな彼は誰に支えられているの？
今にも折れそうなぐらい脆く見えるのに、助けてばかりの彼を誰が助けてあげられるの
……？
律だけが救われないなんて、絶対にダメだよ。
そう思った時、私は立ち去ろうとする彼の手を掴んでいた。
「瑠璃菜？　どうしたんだ……？」
【一緒に来て欲しい】
私は躊躇う律の手をやや強引に引いて、あるお墓の前に連れていった。
そこは前に先生が訪ねていたところ……。
律の用事もここにあると思ったから。
「合わせる顔がないんだけどな……」
消えそうな声で言った彼は、苦虫を嚙み潰したような顔をしていた。
……私にできることを。律が何かに悩んでいるなら……少しでも。
私はそう思って、律が持っていた花をとりお墓の花立てに差した。
そして、立ち尽くす彼の手を握りしめる。
何があったかは分からない……。

でも、こんなに辛そうな律を放ってはおけないよ。
だから、決めた。
私はこれからも律の隣にいる。
そして、彼の一番近いところで支えたい。

【ひとりじゃないよ】

そう書いて、私は律に画面を見せる。
たった数文字の字面だけど、これには色々な意味が込めれた言葉だ。
同時に宣言でもある。
――楽しい時は一緒に笑おう。
――悩むなら一緒に悩む。
――辛くて泣きたいなら一緒に泣く。
――倒れそうなら反対から支える。
――背負いきれないなら一緒に背負う。
独りで耐えられなくても、二人でなら乗り越えられる。

私は、そうやって律と一緒にいたいから。

本音を中々話してくれないけど、彼をもっと知って理解していきたい……。

喋らない私だからこそ、行動で伝えていきたい。

律の頑張りを知ってるからこそ、立ち止まりそうなら一緒に待ってあげたい。

私が救われたように、今度は私が彼の背中を押してあげたいと思うから。

そんなことを思って、私は律の顔を真っ直ぐに見つめる。

彼は少し頬を赤くして、首のあたりを揉みながら、

「……ほんと真っ直ぐだな。眩しいぐらいに……けど、それに俺も救われてるんだな」

と、恥ずかしそうにボソッと呟いた。

そして律は、意を決したような顔つきになりお墓に向かって深々と頭を下げた。

何も喋らずに、数分間も……。

そして、顔を上げると律はこちらを向いた。

「ありがとう。一緒にいてくれて。俺も……前に進むよ」

……本当に聞こえてるみたいだね。

自分の気持ちが伝わったような反応に、私は嬉しくなり再び彼の腕にくっついてタブレットを見せた。

【律には私がいるからね！】

力強く書いたその字を見て、彼はくすりと笑う。

まだまだ出会って間もない私と律だけど、どこか通じ合った気がした。

本音を言えるのはあなただけ

◇◆夜中の足湯にて◆◇

「……やっぱりそういうことなんでしょうか？」

そんな言葉が私の口から漏れ出てきます。

どうしても、さっき見たものが頭から離れていきません。

休憩時間に見てしまった鏑木さんと来栖さんの寄り添う姿……そして、明らかに好意を寄せている彼女と、気があるように見えてしまう彼の姿……。

抱きついていて……あの後、どうなったんでしょうか？

二人っきりでしたからもしかして……って何を考えているんですか！

〝パリーン〟と音が響き、足元にはお皿が散らばります。

「ちょっとさくら？　何やってるの？」

「あ……ごめんなさい」

「さっきから気が抜けてるんじゃない？　ミスも目立つし、もっとしっかりしなさい。そんなぼけーっとする子じゃないんだから」

「はい……」

「もういいから。ちょっと休憩してきなさい」

私はそう言われて控室に戻ると、そこの床に座りました。

はぁぁ。自分らしくないミスの連発で、嫌になりそうです。

情けなくて泣きたくなってしまいます。

それもこれも、見てしまった出来事に動揺した自分が悪いんですけどね……。

私は、天井を見上げてため息をつきました。

「これは負けですかねー」

惚（ほ）れさせて華麗に振る。

そんなことを想像していましたが、来栖さんの方が一歩も二歩も先にいるようです。

彼女にあって、私に足りないのはなんだったんでしょう？

……考えても分かりませんね。

それにしても、

「情けないですね……。あの程度で動揺してしまうなんて……しかも、周りに迷惑をかけましたし……あー視線が痛過ぎましたぁ」

ミスが続き心配する人もいましたが、中にはほくそ笑んでいる人もいました。

まぁそれは当然ですよね……。

いつも完璧に振舞っている小娘が失敗する姿は、飯がさぞ美味しく感じられることでしょう。

嫌ですねー嫉妬心は……。

私は自分の頬を引っ張って、顔を叩きました。

「あーもういいです。切り替えましょう。みんなが好きな雛森さくらとして頑張ればいいんです」

そう気合いを入れて、私は気分転換に離れにある足湯に向かいます。

深夜のこの時間なら、きっと落ち着けるはずです。

気持ちの整理には持ってこいですからね。

足湯に浸かり、私は暗い景色を眺めます。

明かりもなくて、真っ暗な光景はなんだか私を表しているようでした。

「雛森さくらは、綺麗でなんでも出来て、完璧な子……」

私はそう呟いた。

……誰にも分かってもらえなくてもいい。

どうせ好きなものは私の表面的なもの……。見た目、家柄、そんなステータスだけです。

けど、これは嫌だとは言えない。

だって十分に恵まれていることだから。

ですが、少しぐらい本当の自分をと思ってしまいます。

まぁ、残念ながらそんな人はいないんですけどねー。

いえ、ひとりだけいましたね。

私の演技も通じなくて、傲慢で性格ブスな私を雛森さくらとして接してくれる人が。

「ああー。忘れようとしたのになんで、また考えてしまうんですかー……」

もう、私の手には届かない人を考えても仕方ないのに……。

どこかにいませんかねー。

センチメンタルで今、言い寄られれば落ちる可能性大の女の子を優しく迎えにきてくれる……王子様みたいな人は。

あーばかばか、何を考えているんですか……。

とりあえず、頭を冷やしましょう。

「あれ、雛森？」

　突然、声が聞こえて私は体をビクッとさせました。

　私は恐る恐る振り返ります。

「どうして、鏑木さんがいるんですか？」

「宿泊者だから、いることもあるだろー？　てか、こんな時間まで起きてるんだな」

「それは鏑木さんも同じです」

「ははっ。確かに。俺はなんだか眠れなくてさ〜」

　私は平静を装いますが、心臓は激しく高鳴っていました。

　考えていた本人の登場に動揺しないわけがありません。

　けど、そんな状況を悟られないように私は気を引き締めようとします。

　……落ち着くんですよ、私。

　相手は察しがいい鏑木さんです。

　ここでバレてしまっては、いよいよプライドがズタボロになって立ち直れなくなってしまいます。

　だから、落ち着けー……。

　そう自分に言い聞かせて、私はいつものような表情で鏑木さんを見ました。

何故か彼は苦笑いをして私を見ています。

「そんなところに立ってないで、隣に来たらどうですか？　せっかくなのでお話ししましょう」

「あー、そうだな……そうするか」

「あれれ？　もしかして緊張してます？」

「……してないよ。ただちょっと考えることがあっただけ」

彼は肩をすくめてみせて、それから私の横に座りました。

どうやら私のことは気が付かれてないようです。

私はそのことに、そっと胸を撫で下ろしました。

「せっかく男女が揃ったこのシチュエーションですので、恋バナでもします？」

「雛森はその手の話が好きだなぁ」

「ふふっ。話してて飽きないですからね～。それに学生といえば恋愛の話が欠かせないじゃないですか～」

「まぁ確かにその話が好きな人は多いかな……？」

腕を組んで、首を傾げました。

様子から察するに、今日は色々話してくれそうな気がしますね。

なんだか、いつも感じる壁が心なしか薄い気がします。

だとすれば、さっきのこととかも根掘り葉掘り聞けますね……フフフ。

「せっかくですから、たくさん話を聞かせてくださいよ。鏑木さんの恋愛事情は非常に興味ありますし」

「いや、いつも聞いてるじゃないか……」

「ここは二人っきりですから、普段話しにくいことも腹を割って語りやすいですよ？　最近のこととか、仲良しな来栖さんのこととか、ぶっちゃけ話をしてください」

「なるほどなぁ。けど、それなら雛森も言ってくれよ？」

「私ですか？」

「ほら、雛森って自分の恋愛については絶対に語らないだろ？　大体は一般論や伝聞だし」

「……え、そんなことはー」

「別に誰にも言わないよ。ただ、自分は恋愛をする気がないのに、どうしてそんなに恋バナが好きなのかなって、ちょっと疑問に思ったんだよ」

予想していなかった鏑木さんの指摘に、私は言い淀んでしまいました。

再びさっきの動揺が蘇ってきて、私の口からつい「好きになるってなんですか」と漏れ出てしまいます。

慌てて口を押さえますが、すでに遅くて……鏑木さんはこちらをしっかり見ていました。

「人を好きになることか。簡単そうに見えて、答えが見えにくいことだよな」

「えーっと、鏑木さん？」

「うん？　何か変だった？　良ければ雛森の考えも教えてよ」

「鏑木さんは、『恋愛マスターを自称してて恋も知らないのかよ。ははっ、ウケる』って言わないんですか？」

「急に卑屈だな、おい。言うわけないだろ……」

彼は呆れたような顔をして、はぁと息を吐きました。

「だって鏑木さんは彼女いるわけですし、世間一般から見れば勝ち組じゃないですか。なので、見下されるかなぁーと」

「偏見がすぎるだろ……。そもそも、俺に語れることは少ないよ」

「使えないですねー」

「酷い言いよう……。まぁでも、雛森が恋バナをしたがる理由はそういうことか」

鏑木さんは納得したように頷きます。

私はバレたことで諦めて、話すことにしました。

「私は知りたいんですよね。好きって気持ちや恋愛を楽しむ気持ちを……。そんな経験なくて分からないから、だから知りたいと思ってしまいます」

みんなが夢中になる恋愛とはなんでしょう？

けどハッキリしているのは、楽しそうに話す姿はキラキラとしていて、羨ましくも眩しく見えることです。

私が鏑木さんを見ると、彼は不思議そうな顔をして、首を傾げていました。

「分からないって、告白されたりはあるだろ？」

「ありますよ。ただそれで自分の感情が動くこともありません。だって、私の何を好きになったか分からないんですよ」

「好きになった理由は色々あるんじゃないか？　単純な理由だと、容姿とかさ」

「まぁそうですね。目を惹くのは分かりますよ。私って綺麗ですし」

「自分で言うなよ、自分で」

「ふふ。でも、みんなが好きな私は、求められた結果の作り物です。だから好きと言われても本当の私ではないんですよ。恋愛を知るには、経験をするのが一番なんでしょうけど。

私には一番難しいんですよね」

「……好きになるってことが分からないからか。まぁ付き合ってから好きになるってパターンも一応はあるが……」

「ありますね。ただ私にはその選択はないですね。恋にいっときの気の迷いというのがあるかもしれないですが、私にそれは許されません」

「恋愛を許されてないとかあるのか……？」

「確かに親は何も言いませんよ？　肩の力を抜いて、楽しんでいいよって言ってくれます。けど、私が言葉通りに動いて自分勝手に生きた結果、この数百年紡がれた伝統を壊していい訳がありませんよ」

安易な選択をして、家が潰れてしまったら……私は家族に顔向けができません。

将来が決まっているからこそ、付き合うのは重みがありますし、私も好きになる人を慎重に考えないといけません。

……もしかしたら、そういう考えもあって好きになれないのかもしれないですね。

「背負いすぎるなよ……って言いたいけど、簡単には言えないね」

「そうですね。私はこの家で生まれたので、この家の伝統を守っていく義務がありますから」

「付き合う＝そのまま結婚ってわけじゃないから気楽にいこう！　って考えも無理だな……」

「ええ。イメージを守るために、清楚で純情可憐、品行方正、頭脳明晰で愛される存在じゃないとダメなんですよ。跡を継ぐなら納得させないといけませんからね」

私はよく口にするようにしています。

自分がなるべき姿を……言葉に出すのが大事ですから。

言葉に魂が宿ると言いますし、言うことで意識が変わってきます。

自分を鼓舞する意味もあるから、私は堂々と言い続けなければなりません。

つまらない自分語りを続けてしまいますが、鏑木さんは耳を傾けていて飽きた様子はありません。

　それどころか、私を見つめて時折心配そうに眉をひそめていました。

「まぁともかく。私には難しいんですよ。それだけ理解していただければ幸いです」

「なるほどな。けど、将来のことを考えるなら。この先何十年と続くわけだろ？」

「当たり前のことですね」

「色々と折り合いがつかなくなれば熟年離婚ってなるし、意外と脆いんだよ。恋愛も結婚もな……だから最初から重く考えて、入り口を狭める必要はないと思うよ」

「………」

「なんだよ、その顔」

「いえ。たまに思うんですけど、鏑木さんって薬で若返ったご老人だったりします？」

「涼音といい、俺を老人扱いするなよ……。ってかそこまで毎日気を張ってたら疲れるだろ」

鏑木さんはため息をつき、夜空を見上げながらそう言いました。

私もつられて空を見上げ、彼が見ているであろう方に視線を向けます。

「まぁ正直、疲れますよ。自分を作って、虚勢を張って……たまに自分が分からなくなります。嫌だと思いません？　こんな面倒な人間？」

私は自嘲気味にそう言って、ため息をつきました。

あーあ。こんな弱いところ見せたくなかったんですけどねー。

次からどんな顔して会えばいいんですか～。

話しておいて、自己嫌悪に陥りそうです……。

さて、鏑木さんはなんて反応するんでしょうね。

めんどくさくなって、てきとーに流すことにしますか？

それとも、何も言えなくなるかどっちなんでしょう？

私はそう思って、鏑木さんを見ます。

彼は口を開くと、

「今日のことを聞いて嫌とかはないし、別に変わらない。そもそも俺にとって雛森は分かりやすいしな。だから俺はいつも通りで、からかうだけだ」

迷った様子もなく、少し笑いながら言ってきました。

……分かりやすいなんて初めて言われました。

意表をつかれた私は、キョトンとしてしまいますが、すぐに鏑木さんに聞き返します。

「ふふ。そこは『俺にだけ弱い姿を見せていいんだ』的なくっそ恥ずかしいセリフを吐くところじゃないんですか？」

「俺に何を求めてるんだよ。そんなことは絶対に言わない」

「え〜冷たいですね〜」

「まぁけど、愚痴ぐらいは聞くよ。気が済むまでな」

「いいんですか〜？　そんなこと言って女の子の愚痴は長いですよ〜」

「せいぜい数時間だろ。別にどうってことない」

「私は十六年生きてますからね？　溜まりに溜まってますよ」

「……やっぱなしはあり？」

「ざんねーん。クーリングオフは認められません。私が飽きるまで付き合ってもらいます」

私がニヤリと笑うと、彼は「お手柔らかに」と苦笑します。

その包み込んでくれるような優しさに、私はドキッとして……気がついたら肩に寄りかかっていました。

「自分を作るって疲れるよなぁ」

「いい子の私になるのが一番ですよ」

「ははっ。俺も雛森と考えることは一緒だ。その方が何かと円滑だからな」

「おや？　気が合いますね～」

「まぁな。だからこそ分かるのが、努力するのにも余裕がいるってことだよ。たまには、余所見をするのもいいだろ。目標の途中で見えた景色が悪いとは限らないからな」

鏑木さんはそう言って、夜空に浮かぶ星を見上げました。

「ここは景色もいいんだなぁ」と呟いて、空だけではなく周りも見渡しています。

まるで、他も見てみなよと促されているようで、ちょっとおかしくなりました。

「鏑木さんだけ達観してて、完全敗北が近いんですけど？」

「いやいや俺も同じ考えだったよ。ひとりで抱えて、自分だけで解決するのが正解だと思っていたし」

「変わったってことですか？」

「ああ。違ったんだなーって。誰かに支えてもらうだけで、ここまで違うのかって思ったよ。それと同時に、俺はひとりじゃなかったんだって……気づかされた」

「えっと……それは来栖さんに？」

「……黙秘で」

鏑木さんは頬をほんのりと赤く染めて、決してこちらを見ようとしません。

私はそんな彼の顔を何度も突いて、見るようにアピールします。

「ふふっ。それ言ってるようなものじゃないですか」

「べ、別に誰だっていいだろ。とにかく前を向いて進むって決めたんだから」

「いいですね～、青臭くて」

「うるせー。雛森は仕事で失敗しないことだけを考えとけよ」

「見てたんですか⁉」

「……あ、やっぱりそうなんだ」

「ひ、卑怯ですよ！　騙しましたね～っ」

「単純な手に引っ掛かる雛森が悪い」

「ああもうっ！　とりあえず、さっきの宣言通り今日はたっぷり付き合ってもらいますからね！」

私がそう言うと鏑木さんは子供のように茶目っ気たっぷりな笑顔で「寝落ちすんなよ？」

と返してくれました。

愚痴という名の積もり積もった声。

それを話している間も湯気がもくもくとあがり、夜空に向かってひとつひとつ消えてゆきます。

私はいつになく本当の意味ではしゃいでしまって、その度に鏑木さんにからかわれました。

けど、不思議と嫌な気分にはなりません。

気持ちがスッキリして、それどころか何か熱いものが生まれた気がします。

それが何かは確信が持てません。

ただひとつハッキリしていることがあります。

私はこの瞬間、『みんなが期待する雛森さくらではない』ということです。

願わくば、この時間が一生続きますように…………なんてね。

私は、そんなことを思いながら彼との話を楽しみました。

◇◆何をしてたのかな？◆◇

これが綺麗な土下座です。

俺は姉の前で顔を上げずに、畳に擦り付けていた。

「やぁ少年。申し開きはあるかい？」

「…………」

額に青筋を浮かべたさーやは、満面の笑みで俺らを見る。

足湯って温かくて気持ちいいだろ？

話し込んでいたらついつい眠気が……。

「ったく、私が見つけたからいいが……。他の人に見られていたら面倒なことになっていたよ」

「あはは……助かったよ」

「まぁ過ぎたことはいい。これから気をつけろよ（戻ってこないから心配しただろうが……）」

姉は俺の頭に手を乗せて、ぐしゃぐしゃと動かした。

「それで来栖は大丈夫だったか？」

「また一緒に行く約束をしたよ」

「そうか……ならいい。車が必要なら運転するから」

「運転技術だけは磨いといてよ」

「寝てればいいだろー？　また膝枕で」

「……あれは不可抗力だ」

相変わらず意地が悪い……。

めっちゃニヤニヤしてるじゃないか。

いつもからかって……。

俺が不満そうに見ると、姉はまた手で髪をぐしゃとやってきた。

「それで、考えはまとまったのか？」

急に真面目なトーンになり、俺の表情を窺うような視線を向けてくる。

俺は座り直して、さーやの顔を真っ直ぐに見た。

「今まで通り頑張ることにしたよ。それが俺だし、聞こえるならなんとかしたいと思うから」

「そっか。改めて決めたならそれでいい。まぁ無理するなとは言いたいけどなー」

「それは極力ね。けど、みんな色々と抱えているんだなって思ったよ」

「そりゃあそうだ。悩みがない奴なんていないし、大なり小なり抱えてるんだよ。それは聞こえるお前が一番分かっていることだろ？　たまに抱えきれなくなるから、寄り添って、分け合って、和らげて……生きていくんだよ」

「そうだね。理解できたよ。有難いよなぁ、誰かいるって」

俺がそう言うとさーやは「おせーよ」といつも通りの口の悪さで答えた。

だけど、粗暴な言い方とは裏腹に顔はなんだか嬉しそうに口角が上がっている。

「墓参り初めてしたんだよ」

「……そうか。ありがとな」

「行ったから許されることではないけど、これからも行こうと思う。せめて掃除はキチンとしたい」

「ったく、前も言ったが許すとか許さないとか、別にお前のせいじゃねぇよ。どちらかというと、気づいてやれなかった私が悪いんだ」

「………」

「気に病む必要はない。まぁ前向きに生きろよ青少年。人生はまだまだ長いんだからな」

そう言って姉はニカッと笑みを見せてから立ち上がり、背を向けて歩き出した。

部屋の入り口で立ち止まって、

「そんなことよりもな。この後、頑張れよー」

とだけ言って部屋を出て行ってしまった。

この後……？　何かあるのか？

そんな疑問はすぐに解消されることになる。

さーやが出て行ってから数分後、部屋に瑠璃菜と涼音が戻ってきた。

「律⁇　夜は何してたのー？」

【お風呂で寝るのは危ない（……律、大丈夫かな？）】

「い、いや別にやましいことは何も」

「ふーん。へー……可愛い仲居さんと何をしてたのかな？（さくらと何をしてたか……洗いざらい吐いてもらうからっ！）」

（……私も律と行きたかったなぁ）

二人に詰め寄られ、俺は苦笑いを浮かべる。

涼音が納得するまで時間を要したが……瑠璃菜だけは普通に話を聞きたかっただけなのが救いだった。

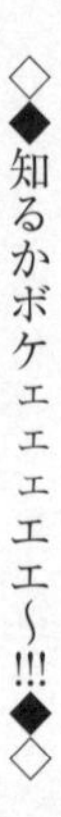
◇◆知るかボケェェェエエ～!!!◆◇

仕事中。

庭にある池の近く、子供連れのお客様が楽しそうにしている声が私の耳に入ってきました。

私は声に耳を傾けて、昨日から感じる胸のドキドキを忘れようとします。

しかし、

「あそこに〝コイ〟がいるよ？」

こ、恋……。

「おーい。こっちにコーイ」

こっちに恋……。

「ほんと、好きだよなぁ」

好き!?!?

あーダメですぅ〜！

私は顔を叩いて、煩悩を消し去ろうとします。

けれど、昨日鏑木さんと過ごしてから彼のことばかりを考えてしまい。

仕事はできても、心ここに在らずといった状況になっていました。

話しただけでどうしてこんな状況になってしまうんですか!?!?

一夜を共にしたから？

初めて自分の心の内を話したから？

それとも、雰囲気に当てられたから？

……もしかして、これが恋？

あーもうっ！　分かりませんよ。

そんなことで私の思考回路は埋め尽くされて、気がつけばまた夜になってしまいました。

「こういう時は足湯ですね！　それが一番です」

そう思って足湯に向かおうとします。

けど、足が止まってしまいました。

「もし、昨日みたいに出会ったら冷静でいられる自信はありませんよー」

弱音を口にした私は、仕方なく散歩をすることにしました。

浴衣を着て旅館の周りを一周することにします。

熱（ほて）った体に夜風があたり、いつも以上に心地良い。

そんな夜を堪能していると、旅館から離れたところで……。

「なんでいるんですか、鏑木さん」

「それはこっちのセリフだ」

と、まさかの遭遇をしてしまいました。

回れ右をするわけにも行かず困っていると、鏑木さん「まぁ歩くか」といつもの調子で言ってきます。

特に昨日のことを気にした様子もなく、ごくごく自然な感じでした。

……私だけ意識してるみたいなんですけど？

その余裕に凄く腹が立ちます。

まぁいいでしょう。そっちが気にしていないのなら、私も同様の対応をするだけです。

私は深く息を吸って、気持ちを整えると彼を見ました。

整った顔立ちに、優しい目……。

体もほどよく鍛えられていて……かっこいい。

「って、アホですか私は！」

「お、おい。急にどうした」

「にゃんでもにゃい」

「まさかの猫化？」

……ダメです。

取り繕うにも上手くいきません。

話せば話すほどボロが出てしまいそうです。

落ち着け、落ち着くんですよ……。

「こほん……。鏑木さんは散歩ですか？」

「まぁな。足湯も良かったんだけど、今日は歩こうと思って。雛森もか？」

「は、はい。そんな感じです……」

鏑木さんは心配そうな顔をして、私を見つめてきます。

……どうして、今までこんなことはなかったじゃないですか。

……でも見れば見るほど……ドキドキしてしまいますよ～。

あー、他のことを考えても考えても鏑木さんのことばかり浮かんでしまいます。

これじゃまるで恋しているみたいですよ。

昨日あんなことを言っておいて、即オチ二コマみたいじゃないですかぁ……。

……違います。これはきっと恋ではない。

「そんな喋(しゃべ)ってると、まるで好きみたいだぞ？」

鏑木さんがからかうようにそう言ってきました。

え……どうしてそこまで分かるんですか。

私の心をぴしゃりと当てていて…………それは、まるで自分を全て理解されてしまったようでした。

恥ずかしくもありましたが、それ以上に初めて出会えた理解者を確かめることができたことへの嬉しさの方が勝っています。

「鏑木さん……もしかして、私」

私がそう言うと、鏑木さんは焦ったような顔をして肩をガシッと摑(つか)んできました。

「いいか、雛森。気持ちっていうのは勘違いがつきものだ」

「……勘違いとは？」

「好きっていう感情は動物的な本能だよ。自分たちの遺伝子を残したいという性欲に直結するものだ。でも、本能を抑えるのが理性であって、コントロールできる」

「なんですか、それ……」

「感情は盛り上がりやすく、爆発しやすい。それはまるで火山みたいにな。けど、いつかは止まる」

「止まる……いっときの感情ということですか？」

「そう。昨日話してただろ？　感情に持続性はない。火のように風が吹けば消えるし、ちょっとしたことで消えるものだ。だから、雛森も冷静になって考えれば落ち着くよ」

「………」

「たしかにまた偶然会ったらびっくりするよな。それに雛森は本音を話すことがこれまでなかったから、変に意識しちゃうんだよ。初めての経験からのドキドキとした緊張が、恋のものだと勘違いした的な感じ」

鏑木さんの言動は何故か必死なものに見えました。

きっと、彼女がいるから、これ以上近づくのは不味いと思ったのでしょう。

私自身……揉めるのは遠慮したいところではありましたからね。

トラブルは避けないといけないのは理解できています。

けど――

「あなたを好きで何が悪いですか」

私は鏑木さんの顔を真っ直ぐに見つめて言いました。

私の感情は私だけのものなんです。

気のせいだとか言われても、否定は絶対にさせません。

いいですよ、認めてあげようじゃありませんか。

あなたが否定するなら、私は肯定してみせますよ。

「雛森……そんなに焦らなくてもいい。まずは話す機会を増やして……」

「話す機会は今までたくさんありましたけど？」

「本音で話す機会だよ。互いに知らないと揉めるし、それに俺は彼女がいるんだ。だから、こういうのは……」

「確かに彼女がいますよね」

鏑木さんは気まずそうに表情を曇らせます。

なんとかやり過ごそうとしているのは、熱くなった頭でも十分に理解できました。

彼女、彼女ですか……そんなの――

「知るかボケェェエエ～!!!」

私の口から人生で一番汚い言葉が出ました。

鏑木さんも驚いて、目を丸くして固まっています。

服を掴み体を寄せて、私はそのまま彼の口に自分の口を重ねました。

「ここまでして勘違いでは終わらせません！　それが一時であっても、今の私に嘘はないですからっ！」

性欲？　本能？
そんなの上等ですよ。
一時の感情に身を任せて、身を委ねたくなることの何が悪いんですか⁉
こういう時だけ、信念を曲げますよ。
だって女の子は狡い生き物ですからね。
恋愛は自由です！
「な、な、お前……」
「ふふ。余裕がないですね～」
顔を真っ赤にした鏑木さんを私は初めて見ましたよ～。
あ～顔が熱い。でも、なんだかスッキリしました。
彼との勝負は終わっていません。
まだ続いています。
惚れたら負け？　好きになった方が不利？
いいえ、違いますよね？　諦めたら負けなんです。
『終わった』なんて言葉は死ぬ瞬間に安堵の息と共に発するもの。
だから、私は彼に宣言します。

誤解なんてさせない。曲解の余地なんて与えない。

ただストレートに自分の今を伝えます。

「私、欲しいものは諦めない主義なんです。彼女がいるなんて関係ありませんし、勝ってみせます。絶対に手放しませんから」

一度、流れ始めた水は止まらない。

でも止まらなくてもいい。

初めて出会った理解者を手放すつもりはありません。

だから、

「…………⁉⁉」

事故でキスなんてことにはさせません。

私はもう一度、彼にキスをしてそのまま抱きしめます。

「ふふ。言い逃れはさせません。私の勝ちです」

「雛森……」

「またすると思ってなかったですよね？　これが、私の気持ちです」

固まる鏑木さんの前を通り、私は振り向きざまに笑います。

「じゃあ、先に戻りますから。またお話ししましょう」

……やってやりましたよ!!

キスしてあげました！　この私がここまでしたんです！

心がポカポカしてあったかい。

ふふっ。これがスキって気持ちなんですね。

仕事に戻る私の体はいつもよりも軽く、そして元気に溢(あふ)れている気がしました。

エピローグ　心の中はスキでいっぱい

激動の夜が過ぎて、俺は一睡もできていなかった。

雛森の行動が忘れられなくて、それにこの数日であった出来事が濃過ぎて……正直キャパオーバーになっている。

……どうしてこうなったんだ？

更に言えば、今……俺の横には腕を組んで不機嫌そうな涼音と、不思議そうにしている瑠璃菜がいた。

「昨日の夜、さくらと何をしてたのかなー？」

涼音はニコリと笑い、俺に訊ねてくる。

不思議だ。笑顔なのに全く優しさが感じられない。

てか寧ろ、怖さまである。

「……話してただけだよ」

「はい、ダウト」

「え？」

「さくらに抱きつかれてたでしょ」

「見てたのかよ」

「あ、やっぱりそうなんだ。私は帰ったところしか見てなかったんだけど……ふーん」

「あはは……」

「それ以上は何もない？」

「おう。特に何も」

「そっか」

肝心なところは見られてなかったみたいだけど、見事に引っかかったな。

まぁでも、これからのこと考えないといけないよな。

結論をどうすればいいのか……キチンと。

【律、悩みがあるなら聞くよ（困ったときは私がいる）】

「優しさが目に染みるよ。ありがとう」

【一緒にいる（……律を癒して元気にする。それが私の使命）】

瑠璃菜はそう言って、俺の頭を優しく撫でてきた。

大変、心が休まるような行為なんだけど……。

俺は涼音をチラリと見る。

彼女にしては珍しく頰を膨らませていた。

「……じゃあ、私もいいよね（勇気を出して、私……）」

涼音はそう言って、距離を詰めてくる。

でも、恥ずかしさのあまり雛森みたいな行動はできないようで、胸の中に小さく収まるだけだった。

「……寒いんだけど？」

「上着貸すか？」

「そういうことじゃないって……バカ」

涼音はそう言って俺の腕を自分に覆い被さるように移動させた。

「……これがいいの」

「これがって、色々体勢が……」

「別に気にしなくてもいいから」

（……いいな。仲良さそうで羨ましい）

じっと見ていた瑠璃菜は自分も輪に入りたそうにしている。

ただ、このカップルみたいな距離感を仲良さそうで済ましているあたりが、瑠璃菜らしくて思わず笑ってしまった。

（涼音と律がくっついてると嬉しい。けど、なんか寂しい気持ちもあるの。だったら……）

俺の後ろから瑠璃菜がぴたりとくっついてきた。

密着する形で、前も後ろも俺からしたら大変なことになってしまっている。

想定ができていなかった状況に感情が追いついてなくて、思考もまともに働かない。

身動きもとれなくて、心地よさに挟まれた俺はただ「あはは」と曖昧に笑うことしか出来なかった。

……どうすればいいんだよ、この状況。

心の声が聞こえても対処方法が思いつかない。

俺に向けてくる真っ直ぐな気持ちに、ただただ圧倒されていた。

そんな乱れた中、

「鏑木さん来ましたよ～。今は休憩で……ちょっと何やってるんですか!?」

最悪のタイミングで雛森が訪ねてきた。

「何って抱きついてるんだけど？」

「ちょっと、昼間からはしたないですよ？　それに鏑木さんも困っていますから」

「……付き合う前にあんなことする子に言われたくない」

「み、み、見てたんですか⁉⁉（私の初チューを見られていたんですね……恥ずかしいです）」

「え、その反応……マジなの……？」

雛森も簡単にかまかけに引っかからないでくれよ。

まぁ俺が言えたことではないが……。

「律ー？　さっきと話が違くない？」

「いや、あれは……」

「どういうことか、教えてくれるよね？（……嘘、まさか。そんなに進んでるの⁉　私もうかうかしてられないじゃん）」

（……私も律と。考えたらポカポカするね。もっとこのままでいたいな）

あふれ出す三人からの心の声。

それを遠くから姉がニヤニヤした顔で眺めていた。

助ける様子もなく、頑張れと言いたげに親指を立てて見守っている。

（言っただろ、律。どんなに気持ちの壁を作ろうと意味がないものは意味がないって）

そんな姉の声が聞こえて、俺は思わず苦笑した。

心の声が聞こえて、先回りが得意な俺でもこの変化は分からない。

上手(うま)く立ち回っているつもりだったけど……マジで難しいなぁ。

前に進むつもりが、これは泥沼じゃないのか？

立ち回りがこんなに穴だらけだったなんて、前途多難で頭が痛くなるよ……ハハハ……。

どうすればいいんだ、この状況？

俺は三人を見て、ため息をついた。

どうやら俺の心の中は隙(スキ)でいっぱいだったようだ。

あとがき

ここまでお読みいただきありがとうございます。紫ユウです。

前回よりもやばめなデスマーチをこなしてなんとか出すことができました。

原稿が滞りまくってしまいすみませんでした……！

この数か月は、ほぼ毎日仕事でしたので、流石に疲れました。

会社的には一応ホワイトなんですよ？　ただ、一部の人に偏りが出るだけで……。

うん。転職しましょう！

さて、話がだいぶ脱線してしまいましたが……今回のテーマは【スキ】でした。

タイトルがそのままテーマってところですね。

メインは雛森さんの話ですが、来栖さんや鏑木君の過去にも踏み込んでいます。

過去の話については、本書をお読みいただければ幸いです。

雛森さんは一巻から引き続き、完璧に見えるけど実は全て計算で動いているような子です。

望まれるように行動していたら、相手の動きも分かるようになって、ちょっとひねくれてる感じですね。ただ、彼女の企みは主人公には筒抜けなので空回りしてますが（笑）。

でも本質は優しい子なので、実は周りを気にしていたり、周囲から向けられた期待通りでいようとしたり、かなりの努力家でもあります。ただ、その努力を決して見せようとはしませんが、イメージとしては主人公にかける演出の下準備みたいなのを、色々な場面でやっていたりしますね。中々に努力するベクトルがズレていますが、それが彼女の良さかもしれません。

そんな彼女が恋バナを好きな理由は、本編でも語られていますが『好きの気持ちが分からない』というものでした。一巻から恋バナをしたがる話を入れたのは、このためだったりします。

自分を偽っていますから、いくら好意を向けられても、それは自分であって自分ではない。そして、思い通りになってしまうから他人に夢中になるのを経験してきてなかったんですよね。だから、今回の話は雛森さんの「好きの自覚」という感じでした。

タイトルのスキが今回はシンプルに「好き」という意味でした。

予想は当たっていましたでしょうか⁇

最後にただのゆきこ先生。また素敵なイラストをありがとうございます。中々、内容を出せずにご迷惑をおかけいたしました。

凄(すご)いざっくりとした内容から、ここまで描いていただいて感激しております。イラストが届くお陰で頑張れました！

編集のKさん、またまた色々とありがとうございました！

次回は余裕がもてるように調整を頑張ります!!

それではあとがきはここまでにして……少しだけ告知をさせてください。

今回は、なんと同月に新作も出しています。

タイトルは【恋愛相談役の親友♀に、告白されたことを伝えたら】で、普段から皆に相談をされている女の子が自分の好きな人から相談を受けることで始まるラブコメです。ラブコメの相談役は蚊帳の外になることが多いですが、今回は違いますよ……という感じですね。

基本書くときは、優しい話をモットーにしていますので！

お読みいただけたら嬉(うれ)しいです～！

それでは、またお会いしましょう～ばいっ！

紫ユウ

喋らない来栖さん、心の中はスキでいっぱい。3

著　紫ユウ

角川スニーカー文庫　23757

2023年8月1日　初版発行

発行者　山下直久

発　行　株式会社KADOKAWA
〒102-8177 東京都千代田区富士見2-13-3
電話　0570-002-301（ナビダイヤル）

印刷所　株式会社暁印刷
製本所　本間製本株式会社

Printed in Japan　ISBN 978-4-04-113971-4　C0193

★ご意見、ご感想をお送りください★
〒102-8177 東京都千代田区富士見2-13-3
株式会社KADOKAWA　角川スニーカー文庫編集部気付
「紫ユウ」先生「ただのゆきこ」先生

角川文庫発刊に際して

角川源義

第二次世界大戦の敗北は、軍事力の敗北であった以上に、私たちの若い文化力の敗退であった。私たちの文化が戦争に対して如何に無力であり、単なるあだ花に過ぎなかったかを、私たちは身を以て体験し痛感した。西洋近代文化の摂取にとって、明治以後八十年の歳月は決して短かすぎたとは言えない。にもかかわらず、近代文化の伝統を確立し、自由な批判と柔軟な良識に富む文化層として自らを形成することに私たちは失敗して来た。そしてこれは、各層への文化の普及滲透を任務とする出版人の責任でもあった。

一九四五年以来、私たちは再び振出しに戻り、第一歩から踏み出すことを余儀なくされた。これは大きな不幸ではあるが、反面、これまでの混沌・未熟・歪曲の中にあった我が国の文化に秩序と確たる基礎を齎らすためには絶好の機会でもある。角川書店は、このような祖国の文化的危機にあたり、微力をも顧みず再建の礎石たるべき抱負と決意とをもって出発したが、ここに創立以来の念願を果すべく角川文庫を発刊する。これまで刊行されたあらゆる全集叢書文庫類の長所と短所とを検討し、古今東西の不朽の典籍を、良心的編集のもとに、廉価に、そして書架にふさわしい美本として、多くのひとびとに提供しようとする。しかし私たちは徒らに百科全書的な知識のジレッタントを作ることを目的とせず、あくまで祖国の文化に秩序と再建への道を示し、この文庫を角川書店の栄ある事業として、今後永久に継続発展せしめ、学芸と教養との殿堂として大成せんことを期したい。多くの読書子の愛情ある忠言と支持とによって、この希望と抱負とを完遂せしめられんことを願う。

一九四九年五月三日

「私は脇役だからさ」と言って笑う
そんなキミが1番かわいい。
クラスで2番目に可愛い女の子と友だちになった
たかた [イラスト] 日向あずり
第6回 カクヨム Web小説コンテスト 特別賞 ラブコメ部門
『クラスで2番目に可愛い』と噂の朝凪さん。No.1人気の天海さんにも頼られるしっかり者の彼女は……金曜日の放課後だけ、俺の家に遊びに来る。本当は無邪気で甘えたがり。素顔で過ごす、二人だけの時間。

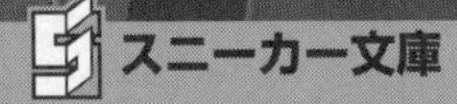

スニーカー文庫

地下鉄で美少女を守った俺、
名乗らず去ったら
全国で英雄扱いされました。
水戸前カルヤ
ill. ひげ猫
彼のおかげで、私はどうにか助かることができました
でもそのヒーローって、俺のことなんだが!?
高校受験の帰り道、涼は地下鉄で突如通り魔に遭遇した。転んだ少女を庇うため咄嗟に戦い勝利するも、疲れてそのまま家に帰った翌日、涼が目にしたのは——テレビに映った美少女が自分の事を英雄と呼んで探していた。

大学一年生一色優は、彼女のカレンが先輩の鴨倉と浮気している事を知る。
衝撃のあまり、鴨倉の彼女で大学一の美女・燈子に「俺と浮気して下さい!」
共犯関係から始まるちょっとスリリングなラブコメ、スタート!?

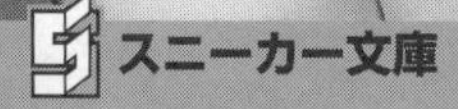

お見合い話を持ってくる祖父に無理難題をつきつけた高校生・高瀬川由弦。数日後、お見合いの場にいたのは同級生の雪城愛理沙!? お見合い話にうんざりしていた二人は、お互いのために、嘘の『婚約』を交わすことになるのだが……。

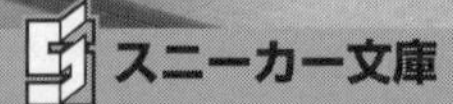

転校先の清楚可憐な美少女が、
昔男子と思って一緒に遊んだ幼馴染だった件
Hibariyu
雲雀湯
illust シソ
重版続々!!
元"男友達"な幼馴染と紡ぐ、
大人気青春ラブコメディ開幕!
7年前、一番仲良しの男友達と、ずっと友達でいると約束した。高校生になって再会した親友は……まさかの学校一の清楚可憐な美少女!? なのに俺の前でだけ昔のノリだなんて……最高の「友達」ラブコメ!
作品特設サイト
公式Twitter
スニーカー文庫